허니문 인 파리

옮긴이 | 이정임

사람과 사랑을 우리말로 옮기며 인생을 탐구하고 있다. 숙명여자대학교를 졸업했
으며, 현재 바른번역의 회원이다. 옮긴 책에는 『구부러진 경첩』 『모차르트 컨스피
러시』 『밍과 옌』 『내일의 책』 『행복한 이기주의자를 위한 긍정에너지』 『마지막 잎
새』 등이 있다.

파리에 가면 사랑이 이루어질지도 몰라

Honey moon in Paris

허니문 인 파리

조조 모예스 지음 | 이정임 옮김

살림

'나는 결혼했다. 나는 파리에 있다.
내일 나는 사랑하는 남자와 퀸사이즈 침대 속으로 사라져서
이틀간 밖으로 나오지 않을 것이다.
인생이 이보다 더 좋을 수는 없을 거야.
더 좋을 수 있으면 좋겠지만…'

"결혼생활이 완전해지는 데는 시간이 좀 걸릴 거야.
하지만 결국에는 제대로 하게 될 거야."

Paris, 2002

에펠 탑의 난간을 꽉 붙잡고 마름모꼴 철망을 통해 아래쪽에
펼쳐진 파리의 전경을 내려다보면서 리브 할스톤은 누구든 이
렇게 끔찍한 신혼여행을 보낸 사람이 있을까 생각한다.

그녀 주위에는 한 무리의 관광객이 눈앞에 펼쳐진 경치에 고
개를 젖히고 꺄악 소리를 지르거나 사진을 찍기 위해 그물망에
기대어 과장된 제스처를 취하고 있다. 경비원 하나가 무표정한
얼굴로 그들을 바라본다. 금방이라도 비를 뿌릴 듯 먹구름이 서
쪽 하늘을 가로질러 그들을 향해 몰려온다. 세찬 바람에 리브의
귀는 빨갛게 변한다.

누군가 종이비행기 하나를 던진다. 종이비행기는 빙글빙글
돌면서 아래로 향하다가 지나가는 바람에 떠오른다. 리브는 종
이비행기가 점이 되어 시야에서 사라질 때까지 계속 지켜본다.
아래쪽 우아한 오스망 대로나 작은 안마당, 정연하게 배치된 공

원, 부드럽게 일렁이는 센 강의 강둑 중 어딘가에 그녀의 남편이 있다.

신혼여행 둘째 날, 남편은 정말 미안하지만 일 관계로 그날 아침에 만날 사람이 있다고 그녀에게 통보하듯 말했다. 남편이 말해준 그 건물은 시 외곽에 있었다.

"한 시간이면 돼. 오래 걸리지 않을 거야. 괜찮겠지, 응?"

그런 남편에게 리브는 호텔 방에서 나가면 곧장 떠나서 돌아오지 말라고 말했다. 새신랑 데이비드는 리브가 농담을 하고 있다고 생각했다. 리브도 데이비드가 농담을 하는 거라고 생각했다. 희미한 미소가 데이비드의 얼굴에 떠올랐다.

"리브 – , 중요한 일이야."

"우리 신혼여행도 중요해요."

리브가 쏘아붙였다. 두 사람은 마치 생전 처음 본 누군가를 대면하는 것처럼 그렇게 서로를 응시했다.

"아이고. 난 내려가야 할 것 같네."

허리에 커다란 전대를 찬, 연한 적갈색 머리칼을 가진 미국 여자가 얼굴을 찡그리며 옆에서 조금씩 앞으로 가며 말한다.

"높은 곳을 무서워해서요. 삐걱거리는 게 느껴지죠?"

"저는 모르겠는데요."

리브가 대답한다.

"우리 남편도 당신 같아요. 아주 침착하죠. 남편은 저기에 하루 종일이라도 있을 수 있어요. 저런 승강기 안에 있으면 나는 무서워서 신경이 다 곤두서는데."

그녀는 값비싼 카메라로 사진을 찍고 있는 턱수염 난 남자를 바라보고는 난간을 꽉 붙잡고 덜덜 떨며 엘리베이터를 향해 통로를 돌아 걸어간다.

에펠 탑은 갈색으로 칠해져 있다. 초콜릿과 똑같은 색이다. 이런 정교해 보이는 구조물에는 어울리지 않는 괴상한 색이다. 그 말을 하려고 반쯤 돌아섰다가 리브는 데이비드가 그곳에 없다는 것을 깨닫는다.

데이비드가 일주일간의 파리 여행을 제안한 순간부터 리브는 이곳에 올라와 있는 자신과 데이비드의 모습을 그려보았다. 아마도 저녁 시간에 두 사람은 서로의 몸을 감싼 채 빛의 도시(프랑스 파리의 별칭 – 옮긴이)를 내려다보았을 것이다. 그녀는 행복감에 들떠 있었을 테고, 데이비드는 프러포즈할 때의 그 눈빛으로 그녀를 바라보았을 것이다. 그러면 리브는 세상에서 가장 행복한 여자가 된 기분이었을 텐데.

그런데 일주일은 5일이 되어버렸다. 금요일에 런던에서 놓쳐

우리 신혼여행은 고작 5일이에요,
일주일도 아니고 5일이라고요.
그런데 그 사람들은 72시간도 기다릴 수 없다고 하는 거예요?

서는 안 될 미팅이 있기 때문이라고 했다. 웬일인지 또 다른 놓쳐서는 안 될 미팅이 불쑥 나타나기도 전에 5일은 이틀이 되어버렸다. 그리고 지금 리브는 여름옷을 입고서 덜덜 떨며 혼자 서 있다. 그녀의 눈 색깔과 꼭 같은 색이어서 산 옷인데, 데이비드도 그걸 눈치챘을 것 같다.

그때 하늘이 잿빛이 되더니 후두두 비를 뿌리기 시작한다.

'학생 시절 배운 프랑스어로 택시를 불러 타고 호텔로 돌아갈까, 아니면 현재의 기분대로 비를 맞으며 터벅터벅 호텔로 걸어가는 편이 나을까?'

이렇게 생각하다가 리브는 줄지어 엘리베이터 쪽으로 걸어간다.

"당신 것도 여기에 두고 가는 거예요?"

"제 것 뭐요?"

그 미국 여자가 그녀 옆에 있다. 그녀는 웃으며 리브의 반짝이는 결혼반지를 향해 고개를 까딱인다.

"당신 남편 말이에요."

"그 사람은, 그 사람은 여기에 없어요. 그이는… 오늘… 바빠서요."

"아, 사업차 여기 온 거예요? 당신한테는 정말 멋진 일이네요. 남편은 일을 하고, 당신은 관광을 하면서 즐거운 시간을 보내고 말이죠."

그녀가 큰 소리로 웃는다. 리브는 샹젤리제 거리를 내다본다. 뭔가 가슴에 걸린 것 같다.

"그럼요."

리브가 말한다.

"저 정말 행운아 아니에요?"

서둘러 결혼했다가는 나중에 후회할 수도 있어, 리브의 친구들은 그녀에게 이렇게 충고했었다. 친구들은 농담 삼아 한 말이었지만, 그녀와 데이비드가 알고 지낸 지 석 달하고 열하루 만에 데이비드가 프러포즈를 했다는 것을 감안하면 꼭 틀린 말은 아니다.

리브는 성대한 결혼식을 원하지 않았다. 엄마의 부재가 결혼식에 어두운 그늘을 드리워 우울한 분위기가 될 것 같았다. 그래서 그녀와 데이비드는 이탈리아로 도망치듯 떠났고, 로마의 콘도티 거리에서 리브는 절제된 스타일의 값비싼 디자이너 브랜드의 기성복 흰 드레스를 한 벌 샀다.

로마의 어느 교회에서 치러진 결혼식에서 리브는 데이비드가 손가락에 반지를 끼워줄 때까지 결혼식 내용을 하나도 이해하지 못했다. 데이비드의 친구 카를로는 결혼식 준비를 돕고 증인 역할을 맡은 친구 중 한 명이었는데, 나중에 리브가 데이비드를

서둘러 결혼했다가는
나중에 후회할 수도 있어.

존중하고 그에게 순종하며 그가 수집품에 추가하고 싶은 아내들을 기꺼이 받아들이는 데 동의했다면서 놀려댔다. 리브는 꼬박 하루 동안 웃었다. 맞는 말이라는 것을 알았으니까.

데이비드를 만난 순간부터 알고 있었다. 그녀의 결혼 소식에 아버지가 눈을 내리뜨고서 본마음을 감추고 진심 어린 축하의 말을 건넬 때에도 알았다. 그녀 자신은 결혼식에 대해 특별히 꿈꾸어본 적은 없었지만 그녀의 살아 있는 부모는 그랬을 수도 있다는 생각에 죄의식이 느껴졌었다. 몇 가지 안 되는 그녀의 물건을 데이비드의 집 ― 그가 처음 설계해서 지은 것 중 하나인 템스 강 옆 설탕 공장 꼭대기에 있는 유리 구조물 ― 으로 옮길 때에도 알았다.

결혼식과 신혼여행 사이 6주 동안 매일 아침 하늘에 둘러싸인 그 유리 집에서 눈을 뜨고 자고 있는 남편을 바라볼 때면 그렇게 함께 있다는 것을 확신할 수 있었다. 어떤 감정이 너무 커져버려서 그렇게 행동할 수밖에 없었다.

"잘은 모르겠지만… 좀 어린 것 같지 않니?"

부엌 싱크대에 다리를 걸치고 왁스로 제모를 하면서 재스민이 말했다. 리브는 탁자 앞에 앉아서 그녀를 지켜보며 금지된 담배를 피우고 있다. 데이비드는 담배 피우는 걸 좋아하지 않았다. 그래서 데이비드에게는 1년 전에 담배를 끊었다고 말했다.

"장난으로 하는 말이 아니야, 리브. 넌 확실히 충동적으로 행동하는 경향이 있어. 내기를 위해서 머리칼을 몽땅 잘라버리는 것과 같은 거야. 직장을 때려치우고 세계 일주를 떠나겠다는 것과 같은 거라고."

"나만 그런다는 것처럼 말하네."

"내가 아는 사람 중에서 같은 날 두 가지를 다 한 건 너밖에 없어. 모르겠다, 리브. 그냥… 너무 빠른 것 같아."

"알아. 하지만 이게 옳은 거 같아. 함께 있으면 정말 행복한걸. 데이비드가 뭔가 나를 화나게 하거나 슬프게 하는 일을 한다는 건 상상도 할 수 없어. 데이비드는…."

리브는 기다란 형광등을 향해 고리 모양의 담배 연기를 후우 불고는 말했다.

"완벽해."

"뭐, 데이비드가 확실히 매력적이긴 하지. 그렇다고 해도 다른 사람도 아닌 네가 결혼한다는 게 도저히 믿어지지가 않는다. 늘 결혼 같은 건 하지 않을 거라고 했잖아."

"알아."

"아이고! 아야!"

재스민은 제모용 테이프를 떼어내고는 통증 때문에 얼굴을 찡그렸다.

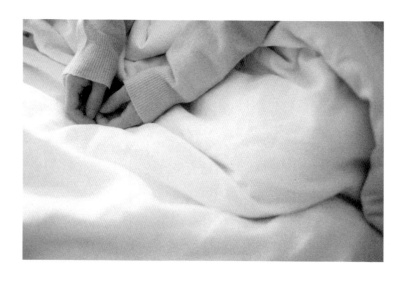

"하긴, 데이비드가 꽤 섹시하긴 하지. 게다가 집이 환상적이잖아. 이 굴속 같은 곳보다 낫지."

"데이비드와 함께 잠에서 깨면 마치 화려한 잡지 속에서 눈을 뜨는 것 같은 기분이야. 없는 것 없이 다 있어서 내 물건을 가져가지 않았어. 데이비드는 침대 시트도 리넨 제품을 써. 진짜 리넨 시트야."

리브는 담배 연기를 후우 불어 고리를 만들었다.

"리넨으로 만든."

"음. 그럼 그 리넨 시트들을 누가 다림질하는 거야?"

"나는 아니야. 집안일을 하는 사람이 따로 있어. 데이비드 말이 나는 그런 일을 할 필요가 없대. 내가 주부로서 형편없다고 생각하는 것 같아. 사실 데이비드는 내가 대학원 진학에 대해 생각해봤으면 해."

"대학원이라고?"

"내가 똑똑해서 내 인생에서 뭔가를 이뤄야 한대."

"너를 안 지 얼마나 됐다고 그런 말을 한다니."

발목을 돌려 남아 있는 털을 찾으면서 재스민이 말했다.

"그래서 대학원에 갈 거야?"

"모르겠어. 한꺼번에 많은 일이 벌어져서 말이지. 데이비드 집으로 옮기고 결혼도 하고 기타 등등. 우선 결혼했다는 사실을

받아들여야 할 것 같아."

"와이프가 됐다는 것 말이지."

재스민은 리브를 보고 다 안다는 듯이 히죽 웃었다.

"오, 세상에! 와이프라니."

"그러지 마. 아직도 좀 적응이 안 된단 말이야."

"와이프래요."

"그만해!"

재스민은 계속 리브를 놀려댔고, 참다못한 리브는 마른 행주로 재스민의 어깨와 등을 툭툭 쳤다.

리브는 마침내 걸어서 돌아가기로 결정한다. 기다렸다는 듯하늘에 구멍이라도 뚫린 것처럼 비가 쏟아진다. 그 바람에 리브는 젖은 원피스 자락이 다리에 휘감길 정도로 흠뻑 젖은 상태다. 프런트 데스크를 가로질러 가면, 호텔 안내원은 신혼여행 중에도 일을 하는 남편을 둔 그런 여자를 위해 준비된 표정을 지을게 틀림없다.

리브가 돌아왔을 때 데이비드는 호텔에 있다. 리브가 방 안으로 들어서자 통화 중이던 데이비드는 고개를 돌려서 그녀를 보고는 서둘러 전화를 끊는다.

"어디 갔다 왔어? 걱정하고 있었어."

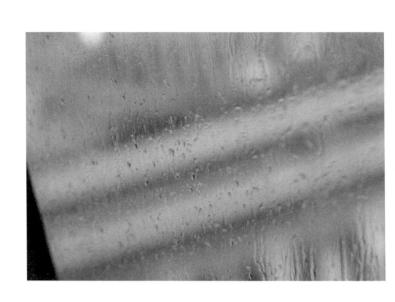

리브는 젖은 카디건을 벗어서 옷장 안에 손을 넣어 옷걸이에 걸며 대답한다.

"에펠 탑에 올라갔었어요. 그리고 걸어서 돌아왔고요."

"완전히 다 젖었네. 내가 목욕물 받아줄게."

"목욕하고 싶지 않아요."

리브는 따뜻한 물에 몸을 담그고 싶은 마음뿐이다. 비참한 기분으로 호텔로 걸어오는 내내 그 생각밖에 없었다.

"그럼 차를 주문해줄게."

데이비드가 수화기를 집어 들고 룸서비스를 요청하는 동안 리브는 쌩하니 돌아서서 욕실로 들어가 문을 닫는다. 문이 닫힌 뒤에도 한참 동안 데이비드가 자신에게 신경을 쓰고 있다는 게 느껴진다. 왜 이렇게 고집을 부리고 있는 건지 모르겠다. 리브는 그날 하루를 만회하기 위해서 호텔에 돌아오면 다정하게 굴 작정이었다. 어쨌든 미팅 한 번이지 않은가. 게다가 데이비드가 어떤 사람인지도 잘 알고 있다. 첫 데이트에서 데이비드는 런던을 차로 돌며 그들이 지나치는 길에 보이던 유리와 철골로 된 현대적인 구조물의 배경과 디자인에 관해 그녀에게 하나하나 설명해준 사람이었다.

그런데 리브가 호텔 방에 들어섰을 때 뭔가 틀어지기 시작했다. 통화 중인 데이비드를 보자마자 리브는 그것이 그녀의 얄팍

한 마음을 비뚤어지게 만드는 업무상 통화라는 것을 알아차렸다. 갑자기 화가 치밀어 올랐다.

'당신은 내 걱정은 하나도 하지 않았네. 새 건물 출입구에 어느 정도 두께의 유리를 사용할지, 지붕 가장자리가 추가된 환기구의 무게를 지탱할 수 있을지나 신경 쓰고 있었던 거야.'

리브는 대리석 욕조에 물을 채우고 호텔 비품 중에서 가장 값비싼 거품목욕제를 푼다. 욕조에 들어가서 따뜻한 물에 몸을 담그며 안도감에 한숨을 내쉰다. 몇 분 뒤에 데이비드가 욕실 문을 두드리고는 들어온다.

"차 가져왔어."

데이비드는 대리석 욕조 가장자리에 컵을 내려놓는다.

"고마워요."

리브는 데이비드가 나가기를 기다리지만, 그는 닫힌 변기 뚜껑에 앉아 욕조 쪽으로 몸을 기울이고 그녀를 바라보며 말한다.

"라 쿠폴에 예약을 해놨어."

"오늘 저녁에요?"

"응. 당신한테 얘기했는데. 기막힌 벽화가 있는 레스토랑이야. 그것들을 그린 예술가들⋯."

"데이비드, 나는 너무 피곤해요. 너무 오래 걸었어요. 오늘 밤에는 외출하고 싶지 않아요."

리브는 데이비드를 쳐다보지도 않고 말한다.

"다른 날로 예약을 바꿀 수 있을지 모르겠네."

"미안해요. 오늘 저녁은 그냥 룸서비스로 주문해서 먹고 쉬고 싶어요."

'왜 이러는 거야?'

리브는 속으로 자신에게 소리친다.

'왜 스스로 신혼여행을 엉망으로 만들고 있는 거야?'

"이봐. 오늘 일은 미안해, 알지? 몇 달째 골드스타인 집안 사람들과 만나려고 애쓰던 중이라 그랬어. 그런데 알고 보니 그 사람들이 파리에 있잖아. 게다가 드디어 내 도면을 보겠다고 하니까. 이게 내가 당신한테 말한 그 건물이야, 리브. 이 큰 건물. 그 사람들이 마음에 들어 하는 것 같아."

리브는 발가락만 뚫어지게 응시한다. 물에 젖은 발가락이 분홍색으로 반짝인다.

"음, 일이 잘됐다니 다행이네요."

그들은 아무 말 없이 앉아 있다.

"이런 상황이 마음에 안 들어. 지금 당신이 행복하지 않은 것도 나는 싫고."

리브는 얼굴을 들고 데이비드를 바라본다. 그의 푸른 눈과 항상 좀 부스스해 보이는 머리칼, 양손으로 괴고 있는 얼굴을. 잠

시 망설이다가 리브가 손을 내밀자 데이비드는 그녀의 손을 잡는다.

"신경 쓰지 말아요. 내가 바보같이 굴었어요. 당신 말이 맞아요. 당신한테 이 건물이 대단한 일이라는 것 알아요."

"그래 맞아, 리브. 더 이상 당신만 남겨두는 일은 없을 거야. 하지만 내가 수개월간, 아니 수년간 매달렸던 일이야. 이 일을 훌륭히 해내면 파트너십을 맺을 수 있어. 그러고 나면 나는 명성을 얻게 될 테고."

"알아요. 데이비드, 저녁 예약 취소하지 말아요. 우리 라 쿠폴에 가요. 목욕하고 나면 기분이 훨씬 나아질 거예요. 내일 계획도 세워야죠."

데이비드는 자신의 손가락으로 리브의 손가락을 감싸 쥔다. 비누 거품 때문에 리브의 손가락을 잡는 것이 쉽지 않다.

"그런데…. 있잖아. 그 사람들은 내일 내가 그쪽 프로젝트 매니저를 만났으면 해."

리브는 그대로 굳어버린다.

"뭐라고요?"

"그 사람들이 특별히 프로젝트 매니저를 데리고 날아온 거야. 그들이 묵고 있는 로얄몽소 호텔 스위트룸에서 나를 만났으면 한대. 내가 그 사람들과 있는 동안 당신은 그곳에서 스파를 즐기

면 될 거 같은데? 정말 멋질 거야."

리브가 데이비드를 쳐다보며 말한다.

"진심이에요?"

"그럼. 프랑스판 〈보그〉에서 뽑혔다던데. 최고의…."

"나는 지금 그 빌어먹을 스파 얘기를 하는 게 아니에요."

"리브, 내 말은 그 사람들이 정말로 관심이 많다는 거야. 이걸 기회로 삼아야 해."

리브는 약간 잠긴 목소리로 말한다.

"5일이에요. 우리 신혼여행은 고작 5일이에요, 데이비드. 일주일도 아니고 5일이라고요. 그런데 그 사람들은 72시간도 기다릴 수 없다고 하는 거예요?"

"골드스타인이니까, 리브. 이런 게 억만장자가 일하는 방식이야. 그러니 우리가 그 사람들의 스케줄에 맞춰야 하는 거야."

리브는 자신의 발을 뚫어지게 바라본다. 거금을 들여 한 페디큐어를 응시하면서 관리를 마친 발가락이 먹을 수 있을 만큼 맛있어 보인다고 한 자신의 말에 그녀와 네일아티스트가 함께 웃었던 것을 떠올린다.

"나가줘요, 데이비드."

"리브. 나는…."

"혼자 있게 해줘요."

데이비드가 일어설 때 리브는 쳐다보지 않는다. 데이비드가 문을 닫고 나가자 리브는 눈을 감고 아무 소리도 들리지 않을 때까지 따뜻한 물속으로 미끄러져 들어간다.

Paris, 1912

"트리폴리는 안 돼."

"아니, 트리폴리여야 해요."

덩치 큰 어른인 에두아르 르페브르는 꼭 곧 벌을 받을 거라는 것을 알고 있는 어린 사내아이 같았다. 에두아르는 나를 내려다 보았다. 짜증스러운 듯이 뺨이 부풀어 있었다.

"아아 — 오늘 밤은 아무것도 하지 말자, 소피. 어디 가서 밥이나 먹자고. 돈 걱정일랑 하지 말고 저녁 시간을 보내는 거야. 우리는 이제 막 결혼했을 뿐이야! 아직 신혼이라고!"

에두아르는 술집 간판을 향해 중요하지 않다는 듯이 손을 흔들었다.

나는 코트 주머니에 손을 넣어서 거기 접어 넣어두었던 약식 차용증 한 다발을 꺼냈다.

"에두아르, 우리는 돈 걱정 없이 저녁 시간을 보낼 수 없어요.

밥 먹을 돈도 없어요. 동전 한 푼 없다고요."

"하지만 뒤샹 화랑에서 받은 돈이 – ."

"집세로 다 나갔어요. 여름부터 집세가 밀려 있던 거 설마 모른다고 하지는 않겠죠?"

"그럼 항아리에 모아둔 돈은?"

"이틀 전에 당신이 마 부르고뉴에서 한턱낸다고 아침 식사를 살 때 다 썼어요."

"그건 결혼 피로연이었어! 아무튼 파리로 돌아오게 된 것을 기념해야 할 필요도 있었고."

에두아르는 잠시 생각에 잠겼다.

"내 푸른색 판탈롱(과거 남자들이 입던 통이 좁고 긴 바지 – 옮긴이)에 돈이 좀 있을 텐데?"

"어젯밤에 썼어요."

에두아르는 주머니를 툭툭 두드려보고는 담배쌈지만 찾아냈다. 에두아르의 풀 죽은 모습에 나는 거의 웃음이 터질 뻔했다.

"용기를 내요, 에두아르. 그렇게 형편이 나쁜 건 아니에요. 당신만 괜찮다면, 내가 당신 친구들을 찾아가서 우리에게 빚진 돈을 달라고 잘 말해볼게요. 당신은 관여하지 않아도 돼요. 당신 친구들도 여자가 청하는 걸 거절하기는 어려울 거예요."

"그런 다음, 가는 거야?"

"그런 다음, 가는 거예요."

나는 발돋움을 해서 에두아르의 뺨에 입을 맞추었다.

"뭘 좀 먹으러 말이에요."

"글쎄, 뭘 먹을 수 있을지 모르겠네."

에두아르가 툴툴거렸다.

"돈 얘기만 나오면 소화불량이 생기는 것 같아."

"먹을 수 있을 거예요, 에두아르."

"왜 우리가 지금 이래야 하는지 모르겠어. 신혼 기간은 한 달간 계속돼야 한다고. 한 달간 오직 사랑만 해야 한단 말이야! 상류사회 후원자들 중 한 사람에게 물었더니 그녀는 그런 것들에 대해 다 알고 있더라고. 분명히 어딘가에 돈이 있을 거야. 아, 잠깐만. 로르가 있었지. 맞아, 로르가 있었어! 자, 내 여자를 만나러 가자고!"

실제로는 몇 달 전이지만, 정식으로 에두아르 르페브르 부인이 된 것은 3주 전이었다. 그 3주 동안 나는 내 남편이 지닌 화가적 기량보다 그가 받아야 할 빚이 훨씬 더 많다는 것을 알게 되었다. 에두아르는 아주 너그러운 사람이었지만, 경제적으로 그러한 너그러운 마음을 지탱할 여유가 없었다. 에두아르는 작품을 쉽게 팔았다. 마티스 아카데미의 친구들은 틀림없이 그런 그

신혼 기간은
　　한 달간
　　계속돼야 한다고.
한 달간
　　오직 사랑만 해야 한단 말이야!

를 부러워했을 테지만, 에두아르는 그림값을 청구하는 것 같은 불편한 일을 하려고 하지 않고 너덜너덜해진 차용증서가 쌓여 가게 놔두었다. 그런 이유로 무슈 뒤샹, 무슈 베르시, 무슈 스티 글레는 무척이나 아름다운 에두아르의 작품을 벽에 걸고도 배 부르게 먹을 수 있었지만, 에두아르는 몇 주 동안 계속해서 빵, 치즈, 리예트(잘게 다져 기름에 지진 돼지고기 또는 거위고기-옮긴이)로 살아야 했다.

에두아르의 경제 상태를 알게 되었을 때 나는 충격을 받았다. 돈이 없어서가 아니었다. 에두아르를 만났을 때 그의 형편이 넉 넉하지 않다는 것을 이미 알고 있었다. 소위 친구라는 사람들이 에두아르를 아무렇지도 않게 무시했기 때문이다. 그들은 에두아 르에게 돈을 주겠다고 약속만 하고 주지 않았다. 에두아르의 술 과 호의를 받기만 하고 갚지 않았다. 에두아르는 누구에게나 술 을 권하고, 여자들에게 식사를 제안하고, 모두를 위해 즐거운 시 간을 제공하는 사람이었다. 계산서가 나올 때면 어쩐 일인지 술 집에 남아 있는 건 언제나 에두아르뿐이었다.

"내게는 돈보다 우정이 더 중요해."

내가 자신의 거래 장부를 뒤적이자 에두아르는 말했다.

"아주 훌륭한 생각이에요, 에두아르. 그렇지만 유감스럽게도 우정이 우리 식탁에 빵을 올리지는 못해요."

"내가 사업가와 결혼을 했어!"

에두아르는 자랑스럽다는 듯이 큰 소리로 말했다. 갓 결혼했을 무렵에 내가 종기를 짤 수 있다고 이야기한 적이 있는데 에두아르는 그 때문에 지금까지도 나를 자랑스러워했다.

나는 트리폴리에 누가 있는지 알아보려고 창으로 들여다보았다. 내가 돌아왔을 때 에두아르는 어떤 여자와 얘기 중이었다. 이건 드문 일이 아니었다. 남편은 파리 5구와 6구에 사는 모든 사람을 알고 있었다. 그래서 100미터도 안 되는 짧은 거리를 걷는 동안에도 끊임없이 안부의 말을 건네고, 담배를 나누고, 인사를 교환해야 했다.

"소피!"

에두아르가 소리쳤다.

"이리 와! 당신한테 로르 르콩트를 소개해줄게."

나는 잠시 망설였다. 연지를 바른 볼과 이브닝 슬리퍼 차림으로 미루어볼 때 로르 르콩트는 거리의 여자가 분명했다. 우리가 처음 만났을 때 에두아르는 내게 종종 거리의 여자들을 모델로 쓴다고 말했었다. 자신의 몸에 대해 남의 눈을 신경 쓰지 않아서 이상적인 모델이라는 것이었다. 아내인 내게 그중 한 명을 소개해주고 싶다는 말에 충격을 받았어야 했을 테지만, 나는 에두아르가 형식적인 에티켓을 그다지 좋아하지 않는다는 것을 알고

있었다. 에두아르가 거리의 여자들을 좋아하고, 심지어 존중한다는 것도 알고 있었기 때문에 에두아르가 나를 수준 낮게 보게 만들고 싶지는 않았다.

"당신을 만나서 기뻐요, 마드무아젤."

인사를 건네며 나는 손을 내밀었다. 나는 존중하고 있다는 뜻을 전하기 위해서 격식을 차려 'vous(당신)'라는 말을 사용했다. 그녀의 손가락이 말도 안 되게 부드러워서 내가 정말로 그것들을 잡고 있는 건지 확인해보아야 했다.

"로르가 여러 번 모델을 서줬어. 푸른색 의자에 앉아 있는 여자 그림 기억하지? 당신이 특히 좋아한 그 그림, 그 여자가 로르였어. 로르는 아주 훌륭한 모델이야."

"정말 친절하세요, 무슈 르페브르."

로르가 말했다. 나는 다정한 미소를 지으며 말했다.

"그 그림 알고말고요. 아름다운 그림이에요."

그녀의 눈썹이 조금 치켜 올라갔다. 다른 여자에게 칭찬을 받는 일이 그녀에게는 흔히 있는 일이 아니라는 것을 나는 나중에야 깨달았다.

"항상 드는 생각이지만, 이상하게도 그 작품에서는 여왕 같은 당당함이 보여요."

"여왕 같은 당당함이라. 소피 말이 맞아. 그 그림에서 보이는

당신은
　　　나의 가장 좋은 면만을 보는 것 같았어요.
그래서 내가 아는 나보다
　　　　　더 근사한 사람이 된 것 같았어요.

당신의 모습이 바로 그거야."

에두아르가 맞장구쳤다. 로르의 시선이 우리 사이에서 흔들렸다. 마치 내가 자기를 놀리고 있는 건 아닌지 알아내려는 것 같았다.

"남편이 처음으로 나를 그린 그림에서 나는 아주 끔찍한 노처녀처럼 보였어요."

그녀를 안심시키려고 나는 재빨리 덧붙였다.

"아주 무섭고 쌀쌀맞아 보였다니까요. 내가 꼬챙이 같다고 에두아르가 말했을 거예요."

"나는 그런 말을 하지 않았어."

"하지만 그렇게 생각했잖아요."

"형편없는 그림이긴 했지."

에두아르가 동의했다.

"하지만 전적으로 내 탓이었어."

에두아르는 나를 살피며 말을 이었다.

"당신 모습을 그렇게 형편없이 그리는 것은 있을 수 없는 일인데 말이야."

얼굴을 붉히지 않고 에두아르와 시선을 마주치는 게 여전히 어려웠다. 잠시 침묵이 흘렀다. 나는 눈길을 피했다.

"결혼 축하드려요, 르페브르 부인. 부인은 아주 운이 좋으시

네요. 하지만 남편분만큼은 아닐 거예요.”

로르는 내게 고개를 끄덕여 인사하고 나서 에두아르에게도 똑같이 했다. 그리고 젖은 보도에 끌리지 않게 치마를 살짝 들어 올리고 떠났다.

“남들 앞에서 나를 그렇게 보지 말아요.”

그녀가 걸어가는 모습을 에두아르와 함께 지켜보면서 그에게 핀잔을 주었다.

“마음에 들어.”

이렇게 말하고 에두아르는 담배에 불을 붙였다. 어이없게도 스스로에게 만족해하는 것 같았다.

“당신 얼굴이 발그레해지니 귀여운걸.”

트리폴리 앞에서 에두아르는 한 남자를 만났는데, 그는 담배 가게에서 에두아르와 이야기를 나누고 싶어 했다. 그래서 에두 아르를 보내고 나는 트리폴리 안으로 들어갔다. 술집 안에서 잠 시 서서 평소처럼 구석 자리에 앉아 있는 무슈 디낭을 발견하고 는 잠시 지켜보았다. 바텐더에게 물 한 잔을 청해 마시고 몇 마 디 말을 나눴다. 그리고 나서 무슈 디낭에게로 다가가 모자를 벗 고 인사를 건넸다.

그가 올려다보았다. 나를 알아보는 데 조금 시간이 걸렸다. 내

머리를 보고 알아본 게 아닐까 생각됐다.

"아, 마드무아젤. 안녕하세요? 저녁이라 쌀쌀하지 않나요? 에두아르는 잘 지내죠?"

"아주 잘 지내고 있어요, 무슈. 감사해요. 그런데 개인적인 문제를 좀 의논하려고 하는데 2분만 시간을 내주실 수 있을까요?"

무슈 다낭은 테이블을 둘러보았다. 그의 오른쪽에 앉은 여자가 냉정한 표정으로 그를 보았다. 반대편에 있는 남자는 친구와 이야기를 나누느라 바빠서 신경 쓰지 않았다.

"나와 마드무아젤이 이야기할 개인적인 문제는 없는 것 같은데요?"

그는 이 말을 하면서 그의 여자 친구를 힐끗 보았다.

"원하신다면 무슈, 여기서 얘기해볼까요? 그림값 지불 같은 간단한 문제니 말이죠. 에두아르가 당신에게 〈그레뉴이에의 장날The Market At Grenouille〉이라는 오일파스텔로 작업한 최상의 작품 한 점을 팔았고, 당신은 에두아르에게 그림값을 주겠다고 약속했죠."

나는 증서를 흘깃 내려다보았다.

"5프랑이네요? 지금 이 돈을 계산해주시면 에두아르가 아주 고마워할 거예요."

그의 얼굴에서 유쾌한 표정이 사라졌다.

"당신이 에두아르의 부채 회수 대행업자라도 되는 거요?"

"그건 좀 과장된 표현 같네요, 무슈. 저는 에두아르의 재정 상황을 정리하고 있는 것뿐이에요. 그리고 제가 알기로 이 증서는 7개월이나 묵었어요."

"에두아르라면 내 친구들 앞에서 돈 문제를 논하지는 않을 텐데요."

무슈 디낭은 화를 내며 나를 외면했다. 하지만 나는 이런 상황을 어느 정도 예상하고 있었다.

"그럼 무슈가 준비될 때까지 여기 서 있을 수밖에 없겠네요."

이제 작은 테이블 주위의 모든 시선이 내게 쏠렸지만 나는 얼굴을 붉히지도 않았다. 나를 당황하게 만드는 것은 쉽지 않은 일이었다. 나는 생 페롱에 있는 한 술집에서 자랐다. 열두 살부터 아버지를 도와서 주정뱅이들을 내쫓고 남자화장실을 청소하는 일을 했고, 거리의 여자라도 얼굴을 붉힐 만한 외설스러운 말들을 예사로 들어왔다. 무슈 디낭의 과장된 비난은 내게는 전혀 두렵지 않았다.

"그럼 저녁 내내 거기 서 있어봐요. 내게 지금 그만한 돈도 없는데."

"죄송하지만, 무슈, 자리로 오기 전에 카운터에서 잠시 지켜봤어요. 그래서 당신 지갑이 두둑하게 채워져 있는 걸 보고 말았

답니다.”

보고 있던 그의 친구가 웃음을 터뜨렸다.

“자네를 꿰뚫어보는 것 같은데, 디낭.”

하지만 이 말은 그의 화만 돋우었다.

“당신이 뭐야? 당신이 뭔데 나를 이렇게 곤란하게 만드는 거야? 에두아르는 이런 식으로 행동하지 않는다고. 에두아르는 신사들 간의 우정의 본질을 이해하는 친구란 말이야. 이곳에 와서 눈치 없이 친구들 앞에서 돈을 달라고 해서 사람을 곤란하게 만들지 않는단 말이야.”

그는 나를 곁눈질하며 계속 말했다.

“허어! 이제 생각나네. 그 점원 아가씨로구먼. 라 팜 마르세에서 온 에두아르의 점원 아가씨. 그러니 에두아르가 속한 사회의 방식을 어떻게 이해할 수 있겠어? 당신 같은….”

그는 거의 내뱉듯이 말했다.

“촌뜨기 주제에.”

그는 상처를 입히는 법을 잘 알고 있었다. 가슴속에서 서서히 화가 치밀어 오르는 것을 느꼈다.

“무슈, 지금 먹고사는 문제에 관심을 갖는 것이 촌뜨기라면, 네, 맞아요. 그런데 촌뜨기 점원이라도 에두아르의 친구들이 그의 후한 심성을 이용하고 있다는 것쯤은 알 수 있답니다.”

"나는 에두아르에게 셈을 치르겠다고 했어."

"일곱 달 전이었죠. 일곱 달 전에 에두아르에게 계산해주겠다고 했죠."

"내가 왜 당신한테 돈을 줘야 하는데? 언제부터 당신이 에두아르의 맹견이 된 거야?"

침을 뱉듯이 그는 그 말을 내뱉었다. 순간 나는 얼어붙었다. 그때 내 뒤에서 에두아르의 목소리가 들렸다. 가슴 깊은 곳에서 울리는 소리였다.

"방금 내 아내를 뭐라고 불렀지?"

"자네 아내라고?"

나는 얼굴을 돌렸다. 남편이 그렇게 험악한 표정을 짓는 것을 처음 보았다.

"매력도 없는 데다 이제 귀까지 먹은 건가, 디낭?"

"자네가 이 여자랑 결혼을 했다고? 저렇게 뚱한 얼굴을 한 점원 여자하고?"

에두아르가 너무나 빠르게 손을 쑥 내밀어서 나는 미처 보지도 못했다. 내 오른쪽 귀 뒤 어디선가 손이 나와서 디낭의 턱을 꽉 잡는 바람에 사실상 디낭은 공중으로 약간 떠올랐다가 뒤로 날아가 떨어졌다. 요란한 소리를 내며 의자 더미가 무너져 내렸고, 디낭의 다리에 걸린 테이블이 엎어졌다. 메독 와인 병이 깨

지면서 붉은 와인이 옷에 튀자 디낭의 여자 친구들은 비명을 질러댔다.

술집 안은 찬물을 끼얹은 듯 조용해졌고, 바이올린 연주자도 연주를 중단했다. 마치 공기 중에 전류가 흐르는 듯했다. 디낭은 눈을 깜박거리며 일어나려고 안간힘을 썼다.

"내 아내에게 사과하게. 자네보다 몇 배는 가치 있는 여자네."

에두아르의 목소리는 으르렁거리는 듯했다. 디낭은 입에서 뭔가를 뱉어냈다. 아마도 이빨인 것 같았다. 진홍빛 묽은 액체가 흘러내리는 턱을 치켜들고 그는 중얼거리듯 무언가 말했다. 소리가 너무 작아서 나는 그가 내뱉은 "매춘부"라는 말만을 들을 수 있었다.

고함을 지르며 에두아르는 그를 향해 돌진했다. 디낭의 친구가 에두아르에게 달려들어서 그의 어깨, 머리, 넓은 등에 마구 주먹을 휘둘렀다. 두 사람은 에두아르가 각다귀라도 되는 것처럼 에두아르에게 덤벼들었다가 튕겨져 나왔다. 나는 에두아르의 목소리를 간신히 들을 수 있었다.

"감히 내 아내를 모욕하다니!"

"프레쥐스, 이놈!"

돌아보니 미셸 리덕이 어떤 사람에게 주먹을 날리고 있었다.

"그만둬요! 멈춰요!"

술집이 폭발한 것 같았다. 에두아르는 똑바로 일어서서 어깨에 걸친 외투를 벗어버리듯 어깨에 매달린 디낭의 친구를 흔들어 떨어뜨리고 그의 등 뒤로 의자를 휘둘렀다. 남자의 등에서 나무가 쪼개지는 것 같은 소리가 났다. 술병들이 머리 위로 날아다녔다. 여자들은 비명을 질러댔고, 남자들은 욕설을 내뱉었다. 손님들이 앞다투어 문 쪽으로 몰려간 데 반해 거리의 부랑아들은 난투극에 끼려고 꼬여들었다.

그런 혼란 속에서 나는 기회를 잡았다. 몸을 굽히고 신음 소리를 내며 괴로워하고 있는 디낭의 재킷에서 지갑을 빼냈다. 지갑에서 5프랑짜리 지폐 한 장을 꺼내고 대신에 손으로 쓴 증서를 밀어 넣었다.

"제가 영수증을 써 드렸어요."

디낭의 귀에 입을 바짝 대고 큰 소리로 말했다.

"언젠가 에두아르의 그림을 팔게 되면 필요할 거예요. 솔직히 그렇게 하는 건 바보 같은 짓일 테지만요."

그러고는 몸을 일으켰다.

"에두아르! 에두아르!"

에두아르를 찾아 돌아다니며 소리쳤다.

"에두아르!"

이런 소란 속에서 에두아르가 내 소리를 들을 수나 있을지 모

르겠다. 몸을 쑥 숙여 날아오는 병을 피하면서 서로 엎치락뒤치락하고 있는 사람들 사이를 뚫고 에두아르를 향해 앞으로 나아갔다. 한쪽 구석에서 거리의 여자들이 낄낄대며 야유를 퍼부었다. 단골 고객들은 손을 불끈 쥐고 소리를 지르고 있었다. 싸움이 거리로까지 번져서 탁자들이 날아다니고 있었다. 그곳에서 주먹을 휘두르지 않은 사람은 단 한 명도 없었다. 실제로 사람들 모두 기꺼이 그 싸움을 즐기고 있어서 도대체 이게 싸움이기는 한지 의심스러울 정도였다.

"에두아르!"

그러다가 나는 피아노 옆 구석 자리에 있는 무슈 아르노를 발견했다.

"아, 무슈 아르노!"

큰 소리로 외치고는 치마를 번쩍 들고서 바닥에 뒹구는 몸뚱이들과 뒤집힌 의자들을 넘어서 그에게로 다가갔다. 그는 벽에 붙여놓은 긴 의자 위로 미끄러지듯 움직이고 있었다. 문 쪽으로 가려는 모양이었다.

"목탄화 2점이에요! 공원에 여자들이 있는 그림 있잖아요. 기억하시죠?"

그가 나를 힐끗 보았고 나는 입을 크게 벌려 소리쳤다.

"에두아르에게 목탄화 2점 값을 주셔야 돼요."

몸을 구부리고 한 손으로는 머리를 가리고 다른 손으로 약식 차용 증서를 주머니에서 꺼내 훌훌 넘기다가 날아오는 신발 한 짝을 피해 고개를 휙 숙였다.

"두 점에 5프랑이라고 여기 적혀 있네요. 맞지요?"

그때 큰 맥주잔 하나가 날아와 유리창 한 장이 박살났고 우리 뒤에서 누군가 날카로운 비명을 질러댔다. 깜짝 놀란 무슈 아르노의 눈이 휘둥그레졌다. 그는 재빨리 내 뒤쪽을 보고 나서 지갑을 찾으려고 주머니를 뒤적였다. 그러고는 서둘러 지폐를 꺼냈는데 나중에 그가 2프랑을 더 준 사실을 알게 됐다.

"여깃소!"

그는 화난 어조로 낮게 말하고는 모자를 꽉 눌러쓰고 꽁지가 빠지게 문 쪽으로 내뺐다. 돈이 생겼다. 11프랑, 아니 12프랑이었다. 당분간은 버틸 수 있을 것이다.

"에두아르!"

술집 안을 훑어보면서 다시 큰 소리로 불렀다. 한구석에서 에두아르를 간신히 알아볼 수 있었다. 그곳에서 여우 꼬리 같은 황갈색 콧수염이 있는 한 남자가 에두아르에게 어깨를 붙들린 채 헛되이 주먹을 휘두르고 있었다. 나는 에두아르의 팔 위에 손을 얹었다. 남편은 내가 거기 있다는 것을 잊기라도 한 것처럼 잠시 멍하니 나를 바라보았다.

"돈을 받았어요. 우리는 가야 돼요."

남편은 내 말을 듣지 못한 것 같았다.

"정말이에요."

내가 말했다.

"이제 가야 돼요."

에두아르가 남자를 놓자 남자는 벽에서 미끄러지듯 떨어졌다. 에두아르는 손가락을 입에 넣어 만져보고 이빨이 하나 깨졌다며 중얼거렸다. 나는 에두아르의 소맷자락을 꽉 잡고 밖에서 밀려들어온 사람들을 떠밀며 문 쪽으로 갔다. 한데 엉켜 치고받는 소란 통에 귀가 멍멍할 정도였다. 저 사람들은 싸움이 왜 일어났는지 알고나 있을까.

"소피!"

에두아르가 날쌔게 나를 뒤로 잡아당겼다. 공중에서 휙 하는 바람 소리가 느껴질 만큼 의자 한 개가 큰 원을 그리며 내 면전으로 날아왔다. 깜짝 놀라서 욕설을 내뱉다가 남편이 듣고 있는 것을 깨닫고는 얼굴이 화끈 달아올랐다.

그렇게 우리는 저녁 공기 속으로 나왔다. 구경꾼들은 유리창에 다다다닥 붙어 서서 손을 오목하게 오므리고 술집 안을 지켜보고 있었다. 고함 소리와 유리잔 깨지는 소리가 멀리서 들렸다. 나는 텅 빈 탁자 옆에 서서 치마를 털고 유리잔 조각을 떼어냈

다. 우리 옆에는 피투성이 남자가 의자에 앉아서 한 손으로는 귀를 잡고 다른 손으로는 담배를 피우며 생각에 잠겨 있었다.

"그럼 집에 갈까요?"

코트를 매만지고 나서 하늘을 얼핏 쳐다보며 내가 말했다.

"다시 비가 내릴 것 같네요."

남편은 깃을 잡아당기고 머리를 쓸어 넘기고 나서 짧은 한숨을 쉬었다.

"그러게."

에두아르가 말했다.

"갈까? 이제 뭣 좀 먹었으면 좋겠어."

"욕설을 내뱉은 거 사과할게요. 별로 여자답지 못한 행동이었어요."

에두아르가 내 손을 토닥이며 말했다.

"나는 아무것도 듣지 못했어."

손을 뻗어서 에두아르의 코트 어깨에서 나무 조각을 떼어내 탁 털어버렸다. 에두아르에게 입을 맞췄다. 그리고 우리는 팔짱을 끼고 판테온(프랑스 위인들의 묘가 있는 사원 – 옮긴이) 쪽으로 기분 좋게 걸어갔다. 경관들의 딸랑거리는 종소리가 파리의 지붕 위로 울려 퍼졌다.

나는 2년 전에 파리로 옮겨왔고 라 팜 마르셰에서 일하는 다른 점원들과 마찬가지로 보마르셰 거리 뒤의 셋방에서 살았다. 결혼을 해서 그곳을 떠나던 날 동료들은 내 방 앞 복도에 모두 한 줄로 서서 나무 수저로 스튜 냄비를 두드리며 응원해주었다.

우리는 생 페롱에서 결혼했다. 나는 아버지가 안 계셔서 형부인 장 미셸의 손을 잡고 들어가 신랑에게 인도됐다. 내 남편은 매력적이고 관대한 남자였고 3일간의 피로연 동안 완벽한 신랑처럼 행동했다. 하지만 나는 남편이 프랑스 북부 시골마을에서 벗어나 파리로 빨리 돌아가게 돼 얼마나 안도하고 있었는지 잘 알았다.

나는 말로 표현할 수 없을 정도로 기뻤다. 결혼은 말할 것도 없고 사랑을 하리라고도 전혀 생각지 못했다. 남들 앞에서 인정하진 않았지만, 열정적으로 에두아르를 사랑했기 때문에 설사 나와 결혼을 원하지 않았다고 해도 나는 에두아르 르페브르 옆에 있었을 것이다. 사실 에두아르는 관습적인 일에는 별 관심이 없었다. 그래서 결혼은 에두아르가 전혀 원하는 일이 아닐 거라고 나는 추측했었다.

하지만 결혼하자고 한 것은 에두아르였다.

우리가 함께 지낸 지 석 달이 채 안 됐을 때였다. 어느 날 오후 (에두아르가 세탁부에게 줄 돈을 좀 따로 떼어두는 것을 잊는 바람에 내가 빨

결혼은 말할 것도 없고

사랑을 　하 리 라 고 도

전　　　　　　　　　혁

생 각 지 　못 했 었 다.

래를 하고 있던 참이었다) 한스 리프만이 에두아르의 작업실을 찾아왔다. 무슈 리프만이 상당한 멋쟁이여서 실내복을 입은 내 모습을 그에게 보이는 게 나는 좀 부끄러웠다. 그는 에두아르의 최근 작품들을 칭찬하며 작업실을 돌아다니다가 나를 모델로 그린 그림 앞에 멈춰 섰다. 에두아르가 프랑스 혁명 기념일 저녁에 그린 그림으로, 그날 에두아르와 나는 처음으로 서로에 대한 마음을 털어놓았었다.

욕실에서 에두아르의 옷깃을 비벼 빨고 있던 나는 리프만이 속옷을 입은 내 그림을 보고 있다는 사실에 당황하지 않으려고 애를 썼다. 목소리를 낮춰서 말하는지 밖에서 들리던 말소리가 들리지 않았고, 결국 나는 호기심을 주체하지 못했다. 젖은 손을 닦고 작업실로 나가 보니 두 사람은 커다란 창문 옆에 앉아 있는 내 모습을 그린 일련의 스케치를 응시하고 있었다.

마침 무슈 리프만이 돌아봐서 서로 짧게 인사를 나눴다. 그런 후에 리프만은 자신의 모델도 서줄 수 있는지 내게 물었다. 물론 옷을 다 입고서 말이다. 내 얼굴의 각이나 창백한 피부에 무언가 사람을 빨아들이는 힘이 있다고 말했다.

에두아르는 승낙하지 않았다. 모델을 서겠다고 말하려는 순간(나는 리프만이 마음에 들었다. 나를 동등하게 대하는 몇 안 되는 화가들 중 한 사람이었기 때문이다) 나는 에두아르의 미소가 딱딱해지는 것을

보았다.

"안 되겠어. 마드무아젤 베세트가 너무 바쁜 것 같아서 말이야."

잠시 어색한 침묵이 흘렀다. 리프만은 재미있다는 듯이 우리를 흘긋거렸다.

"아니, 에두아르, 전에는 우리 모델을 함께 나누지 않았나. 그저 그렇게 생각했을ㅡ."

"그럴 수 없네."

리프만은 잠시 자신의 발을 보았다.

"정 그렇다면 하는 수 없지, 에두아르. 다시 만나서 반가웠어요, 마드무아젤."

그는 모자를 조금 올려 내게 인사를 하고 떠났다. 에두아르는 작별 인사도 하려고 하지 않았다.

"재미있는 사람이에요."

나중에 에두아르에게 내가 말했다. 에두아르는 욕조 안에 있었고, 나는 뒤쪽에서 쿠션에 무릎을 꿇은 자세로 에두아르의 머리를 감겨주고 있었다. 에두아르는 오후 내내 말이 없었다.

"내 눈에는 당신밖에 안 보인다는 거 알잖아요. 당신을 행복하게 할 수 있다면 무슈 리프만을 위해 수녀복이라도 입었을 거예요."

뒷머리에 물 한 주전자를 천천히 부으면서 비누 거품이 흘러내리는 것을 지켜보았다.

"게다가 그는 유부남이에요. 만족스러운 결혼생활을 하고 있고, 그리고 신사예요."

에두아르는 여전히 말이 없었다. 그때 갑자기 에두아르가 온몸을 돌렸고, 그 바람에 욕조 가장자리로 많은 양의 물이 넘쳐흘렀다.

"당신이 내 사람이라는 것을 알아야겠어."

에두아르가 말했다. 에두아르의 얼굴이 너무 불안하고 슬퍼 보여서 대답할 말을 찾는 데 시간이 좀 걸렸다.

"당신 바보예요? 나는 당신 사람이에요."

두 손으로 에두아르의 얼굴을 잡고 그에게 입을 맞췄다. 피부가 촉촉하게 젖어 있었다.

"처음 당신이 라 팜 마르세에 와서 나를 보겠다는 일념으로 우스꽝스러운 스카프를 15장이나 샀을 때부터 나는 당신 사람이었어요."

다시 에두아르에게 입을 맞췄다.

"미스탱게트가 나막신을 신은 내게 창피를 주려고 한 뒤에 당신이 내가 파리에서 가장 아름다운 발목을 가졌다고 말한 순간부터 나는 당신 사람이었어요."

내 눈에는 당신밖에 안 보인다는 거 알잖아요.

다시 에두아르에게 입을 맞췄다. 에두아르는 눈을 감았다.

"당신이 내 그림을 그리고, 또 아무도 나를 당신처럼 바라보지 않았다는 것을 깨달은 순간부터 나는 당신 사람이었어요. 당신은 나의 가장 좋은 면만을 보는 것 같았어요. 그래서 내가 아는 나보다 더 근사한 사람이 된 것 같았어요."

수건을 가져와서 에두아르의 코와 눈가에 있는 물기를 부드럽게 닦았다.

"자, 알겠어요? 두려워할 것 없어요. 나는 완전히 당신 사람이에요, 에두아르. 그걸 의심하다니 믿을 수가 없네요."

에두아르는 나를 쳐다보았다. 흔들림이 없는 그의 커다란 갈색 눈에 이상하게도 단호한 빛이 담겨 있었다.

"결혼해줘."

에두아르가 말했다.

"하지만 당신은 입버릇처럼 말했잖아요 – ."

"내일이라도 할까? 아니면 다음 주? 되도록 빨리 하자."

"하지만 당신은 – ."

"결혼해줘, 소피."

그래서 나는 에두아르와 결혼했다. 에두아르를 거부할 수 없었다.

트리폴리에서의 일전 다음 날 아침, 나는 늦잠을 잤다. 부자가 된 기분에 들떠 우리는 진탕 먹고 마셔댔고 한밤중까지 서로의 몸을 탐하고 몹시 분해하던 디낭의 얼굴이 생각날 때마다 계속 키득키득 웃음을 터트렸다.

베개에서 머리를 살짝 들고 얼굴을 잔뜩 가리고 있던 머리카락을 뒤로 넘겼다. 테이블 위에 놓아두었던 동전 몇 개가 보이지 않았다. 에두아르가 빵을 사러 간 게 분명했다. 아래쪽 거리에서 어렴풋이 들리는 에두아르의 목소리를 느끼며 간밤의 기억 속에 빠져 몽롱한 행복감에 취해 있었다. 문득 에두아르가 올라오는 소리가 나지 않아서 나는 가운을 걸치고 창가로 갔다.

바게트 2개를 양쪽 겨드랑이에 하나씩 끼고서 에두아르는 테가 넓은 털모자를 쓰고 몸에 꼭 맞는 암녹색 코트드레스를 입은 매력적인 금발 머리 여자와 이야기를 하고 있었다. 내가 내려다볼 때 어느새 그녀의 시선이 내 쪽을 향했다. 그녀의 시선을 따라서 에두아르가 몸을 돌리고 손을 들어 올리며 인사를 했다.

"자기야, 아래로 내려와. 당신한테 소개할 사람이 있어."

나는 아무도 만나고 싶지 않았다. 에두아르가 올라와주었으면 했다. 그러면 다리로 그의 몸을 휘감고 빵을 나눠 먹으면서 에두아르에게 키스를 퍼붓고 싶었다. 한숨을 쉬고 가운을 끌어당기고는 나는 현관으로 내려갔다.

"소피아, 이쪽은 미미 아인스바허야. 내 오랜 친구야. 내 그림도 몇 점 샀고 인체 소묘 작품 몇 점에서는 모델도 서줬어."

'또 다른 모델이라고?'

나는 멍하니 생각했다.

"결혼 축하해요. 에두아르가 내게… 알려주지 않았네요."

이 말을 하면서 나를 보는 그녀의 시선이나 에두아르를 흘긋 보며 재빨리 눈을 깜박이는 행동에는 나를 불안하게 만드는 무언가가 있었다.

"Enchantee, Mademoiselle(반가워요, 마드무아젤)."

인사를 하며 손을 내밀었다. 그녀는 죽은 물고기라도 만지는 것처럼 내 손을 잡았다. 우리는 어색한 침묵 속에 잠시 그렇게 서 있었다. 건너편 길을 따라 청소부 2명이 나란히 서서 휘파람을 불며 거리를 청소하고 있었다. 하수구가 또 넘치고 있어서 악취가 지독했는데, 어젯밤 잔뜩 마신 술기운에 악취가 더해지자 갑자기 속이 메슥거리기 시작했다.

"먼저 실례할게요."

문간으로 물러서며 내가 말했다.

"손님을 맞을 옷차림이 아니라서. 에두아르, 불을 피워서 커피를 올려놓을게요."

"커피라고!"

에두아르는 손을 비비며 탄성을 질렀다.

"만나서 정말 반가웠어, 미미. 내가 – 아니, 우리가 조만간 당신 새 아파트에 놀러 갈게. 아파트가 아주 멋질 것 같아."

에두아르는 휘파람을 불며 계단을 올라왔다. 에두아르가 겉옷을 벗고 있을 때 나는 그에게 커피를 한 잔 따라주고 침대 안으로 다시 들어갔다. 에두아르는 우리 사이에 접시를 놓고 빵을 한 조각 잘라서 내게 주었다.

"그 여자랑 잤어요?"

에두아르를 쳐다보지 않은 채 물었다.

"누구?"

"미미 아인스바허요."

내가 왜 이런 질문을 했는지 모르겠다. 그때까지 그런 질문을 한 번도 한 적이 없었다. 대수롭지 않다는 듯이 에두아르는 고개를 살짝 끄덕였다.

"아마 그랬을 거야."

내가 아무 말도 하지 않자 에두아르는 한쪽 눈을 뜨고 심각하게 나를 보며 말을 이었다.

"소피, 당신을 만나기 전에 내가 성직자처럼 살지 않았다는 것쯤은 알고 있잖아."

"알고 있어요."

"나도 어쩔 수 없는 남자야. 게다가 오랫동안 혼자 살다 당신을 만났어."

"그것도 알아요. 지금 그대로의 당신이면 돼요. 더 이상은 바라지 않을게요."

고개를 돌리고 에두아르의 어깨에 부드럽게 입을 맞췄다. 에두아르는 팔을 뻗어서 나를 끌어당기고는 깊은 만족의 한숨을 내뱉었다. 눈꺼풀에 닿는 에두아르의 숨결이 따뜻했다. 에두아르는 내 머리카락 속으로 손가락을 밀어 넣고 자기를 쳐다볼 수 있게 내 고개를 뒤로 젖혔다.

"사랑스러운 내 아내. 당신은 이것만 기억하면 돼. 당신을 알고 나서야 나는 행복이라는 것을 알게 됐어."

'내가 미미나 미미 같은 부류의 여자들을 왜 신경 써야 해?'

이런 생각이 들자 나는 빵을 떨어뜨리고 다리로 에두아르를 휘감고서 그의 체취를 들이마시고는 다시 한 번 그를 사로잡았다. 아니, 나는 그렇게 거의 믿을 뻔했다.

그다음 수요일에 우리가 아틀리에에서 나왔을 때, 미미 아인스바허는 마침 그곳을 지나가던 길이었다(나는 언니에게 편지를 보내러 급히 우체국으로 가는 길이었다). 그래서 에두아르가 그녀와 아침을 먹는다고 할 때 이해할 수 있었다.

'에두아르가 혼자 밥을 먹는 게 무슨 의미가 있겠어?'

그런데 이틀 뒤 또다시 그녀를 만났다. 11월의 추운 날이었다. 내가 쉬플로 거리를 향해 나 있는 커다란 오크 문을 당겨 열 때 에두아르는 내 고급 펠트 모자를 자꾸 내게 씌우려고 했다. 나는 깔깔 웃으면서 에두아르의 손을 쳐냈다.

"거꾸로예요! 에두아르! 그만해요! 미친 여자처럼 보일 게 뻔해요!"

에두아르의 커다란 손이 내 목과 어깨가 만나는 곳에 놓였다. 그 무게감이 좋았다.

"어머, 안녕하세요!"

미미는 민트그린색 망토를 입고 좁고 긴 털목도리를 두르고 있었다. 허리를 어찌나 꽉 졸라맸는지 입술연지 밑에 입술이 시퍼런 건 아닐까 생각될 정도였다.

"정말 반가워요!"

"마담 아인스바허. 이렇게 빨리 다시 만나게 되다니 우리가 운이 좋은가보네요."

갑자기 내 펠트 모자가 우스꽝스럽게 비스듬히 기울어졌다.

"미미! 만나서 정말 기뻐."

에두아르는 잡고 있던 내 어깨를 놓고 고개를 숙여 그녀의 장갑 낀 손에 입을 맞췄다. 그 모습을 보고 속으로 움찔했다가 내

자신을 책망했다.

'어린애처럼 굴지 마.'

나는 혼잣말을 했다.

'어쨌든 에두아르는 날 선택했어.'

"이 상쾌한 아침에 어디를 가는 거예요? 또 우체국에 가는 건 가요?"

그녀는 가방을 앞으로 들고 있었다. 악어가죽 가방이었다.

"나는 몽마르트에서 내 중개인과 약속이 있어. 아내는 식료품을 사러 가는 길이야."

모자를 돌려 쓰면서 문득 '고급 검정색 모자를 썼더라면 좋았을 텐데' 하고 생각했다.

"음, 그래도 좋겠네요."

내가 말했다.

"당신이 점잖게 군다면요."

"내가 얼마나 참고 있는지 잘 봐."

에두아르는 앞으로 구부려 내 뺨에 입을 맞췄다.

"어머나. 부인이 아주 엄한 것 같네요."

미미는 알 수 없는 미소를 지었다. 에두아르는 머플러를 목에 두르고 잠시 우리 둘을 주시했다.

"있잖아, 둘이 친해졌으면 해. 소피도 이곳에 친구가 한 명쯤

있으면 좋을 거야."

"나도 친구가 있어요, 에두아르."

나는 반박했다.

"하지만 당신 점원 친구들은 낮 동안은 다들 바쁘잖아. 그리고 그 친구들은 9번가 저쪽에 살고 있고. 여기 미미는 내가 바쁠 때 당신이 만나서 커피도 마실 수 있다고. 당신이 혼자 있다고 생각하면 끔찍해."

"정말 괜찮아요."

에두아르를 보고 미소를 지으며 말했다.

"내 친구들이면 충분해요."

"저기, 에두아르 말이 맞아요. 어쨌든 당신이 에두아르한테 부담이 되면 안 돼요. 그리고 에두아르의 친구들과 가깝지도 않잖아요. 내가 당신과 함께 갈게요. 에두아르를 생각해서요. 그럴 수 있다면 나는 아주 기쁠 거예요."

에두아르는 활짝 웃었다.

"정말 훌륭해!"

에두아르가 말했다.

"내가 좋아하는 두 숙녀가 같이 산책을 간다니. 그럼 둘 다 즐겁게 보내. 소피, 자기, 저녁 식사 시간에 맞춰 집에 갈게."

에두아르는 돌아서서 생 자크 거리 방향으로 떠나버렸다. 미

당신은 이것만 기억하면 돼.

당신을 알고 나서야
나는 행복이라는 것을 알게 됐어.

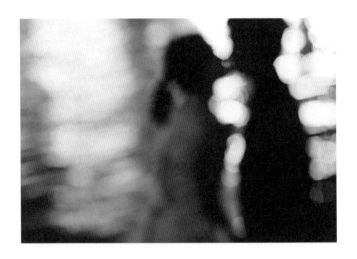

미와 나는 서로 얼굴만 마주 보았다. 그녀의 눈빛에 뭔가 냉담함이 담겨 있다는 생각이 잠깐 들었다.

"멋지네요."

그녀가 말했다.

"갈까요?"

Ke a go rata
NDIKUKONDA
ILIBESC
je t'aime
SZERETLEK
ASSAVAKKIT
Te quiero
het jou lief

Paris, 2002

그들은 오전 일정에 대한 계획을 세심히 세워놓았다. 느긋하게 하루를 시작해서 보주 광장에 있는 카페 위고에서 아침 식사를 한 뒤에 2번가의 작은 상점과 부티크를 어슬렁거리고, 형편에 따라 센 강가를 산책하다가 잠시 멈춰 헌책 가판대를 기웃거리기로 했다. 점심 식사 후 데이비드는 아마도 2시간 정도 미팅에 참석하러 떠나고, 데이비드가 일에 관해 논의하는 동안 리브는 로얄몽소의 근사한 스파에 몸을 담글 생각이었다. 그러고는 바에서 만나 칵테일 한 잔을 마신 후에 지역의 레스토랑에서 편안한 저녁 식사를 즐길 계획이었다. 그러면 그날 하루를 회복할 수 있었다. 리브는 다정하게 굴었을 것이고 이해하려고 했을 것이다.

'어쨌든 이런 게 결혼생활이다. 양보와 타협의 기술이 필요한 것이다.'

아침에 눈을 뜨면서부터 리브는 이 말을 몇 번이나 되새긴다.

그런데 아침 식사 중에 데이비드의 전화가 울린다.

"골드스타인이군요."

마침내 데이비드의 통화가 끝났을 때 리브가 말한다. 그녀 앞에 놓인 타르틴(버터 또는 잼 등을 바른 빵 – 옮긴이)은 아직 손도 대지 않았다.

"계획이 바뀌었어. 골드스타인 쪽에서 오늘 아침에 샹젤리제 근처에 있는 자기네 사무실에서 나를 만나고 싶대."

리브가 아무 말도 하지 않자 데이비드는 리브의 손 위에 자신의 손을 얹고서 계속 말한다.

"정말 미안해. 넉넉잡아 두 시간이면 충분할 거야."

리브는 말을 할 수가 없다. 실망감에 찝찔한 굵은 눈물방울이 눈에 그렁그렁 맺힌다.

"당신 마음 알아. 나중에 내가 꼭 보상해줄게. 다만…."

"이 일이 더 중요하다는 거군요."

"우리의 미래를 위한 일이야, 리브."

리브는 데이비드를 응시한다. 자신의 표정에 좌절감이 뚜렷하게 드러나고 있다는 것을 알고 있다. 자신을 그렇게 행동하게 만드는 데이비드에게 몹시 화가 난다. 데이비드는 리브의 손을 꽉 쥐며 말한다.

한참 동안 나는

사랑에 빠지면 결혼을 해야 한다고 생각하는

그런 바보 같은 사람 중 하나였어요.

"자, 리브. 그동안 당신은 내가 별로 하고 싶어 하지 않았던 걸 혼자서 할 수 있어. 그럼 내가 당신한테 갈게. 이곳에서 두 시간 정도 시간을 보내는 건 어렵지 않을 거야. 여긴 파리잖아."

"그렇겠죠. 파리에 신혼여행을 와서 시간 때울 방법이나 궁리하며 5일을 있게 될 거라고는 미처 생각지 못했어요."

데이비드가 약간 날이 선 목소리로 말한다.

"미안해. 신경을 꺼버릴 수 있는 일이 아니라서."

"네. 그럴 수 없다는 걸 아주 분명히 보여줬죠."

이 모든 상황이 어젯밤 라 쿠폴에서의 상황과 같다. 두 사람은 부자연스러운 미소를 지은 채 화제로 삼기에 무난한 주제를 찾으려고 애쓴다. 그들의 지나치게 깍듯한 대화 아래 무언의 대화가 이어진다. 데이비드가 말을 할 때면 불편해하는 게 눈에 보여서 리브는 기가 꺾인다. 데이비드가 말을 하지 않을 때면 일에 대해 생각하고 있는 건 아닐까 리브는 궁금하다.

스위트룸으로 돌아왔을 때 리브는 데이비드를 외면하고 돌아누워 있다. 너무 화가 나서 데이비드의 손길이 닿는 것조차 싫다. 그렇게 두 사람은 낭패감에 빠져 누워 있고, 데이비드는 그녀에게 손을 대려고 시도조차 하지 않는다. 파리에 오기 전까지 함께 지낸 여섯 달 동안 두 사람이 서로 말다툼을 벌인 적이 있었나? 신혼여행이 사라지고 있다는 걸 리브는 느끼고 있다.

데이비드가 먼저 침묵을 깬다. 리브의 손을 꽉 잡고서 테이블 너머로 몸을 구부려 다정하게 리브의 얼굴에서 머리카락 한 올을 뒤로 넘기며 데이비드가 말한다.

　"미안해. 이건 정말로 중요한 일이야. 내게 두 시간만 줘, 그러면 온전히 당신하고만 보낸다고 약속할게. 여행 기간을 연장할 수도 있고…. 내가 시간을 맞춰볼게."

　데이비드는 미소를 지으려고 애쓴다. 마음이 누그러진 리브는 데이비드를 향해 얼굴을 돌린다. 다시 평소의 그들로 돌아온 것 같은 기분이 들면 좋을 텐데. 리브는 데이비드가 잡고 있는 손에 끼어져 있는, 황동빛으로 반짝이는 아직 익숙지 않은 결혼반지를 내려다본다.

　지난 48시간은 그녀를 완전히 무너뜨렸다. 최근 몇 달간 리브가 느낀 행복은 순식간에 무너지기 쉬운 모래성이 되어버렸다. 두 사람이 생각하는 것보다 더 불안정한 토대 위에 쌓아 올려진 모양이었다.

　리브는 데이비드의 눈을 유심히 살핀다.

　"내가 사랑하는 거 알죠?"

　"나도 사랑해."

　"나는 애정에 굶주린 고약하고 심술궂은 여자 친구예요."

"아내지."

마지못해 지은 미소가 리브의 얼굴에 퍼진다.

"나는 애정에 굶주린 고약하고 심술궂은 아내예요."

데이비드는 씩 웃으며 리브에게 입을 맞춘다. 두 사람은 보주 광장 끝에 앉아 있어서 모터 달린 자전거가 웅웅대는 소리도 들리고 보마르셰 거리 쪽으로 차량들이 엉금엉금 기어가는 것도 보인다.

"다행이지. 운 좋게 고약한 데다 심술궂기까지 한 지독하게 매력적인 특성을 지닌 여자를 만났으니."

"애정에 굶주린 걸 빠뜨렸어요."

"그게 내가 제일 좋아하는 특성이야."

"가요."

리브는 데이비드가 잡은 손을 살며시 빼내며 말한다.

"이제 가봐요, 번드르르한 말솜씨를 가진 건축가 씨. 호텔 침대로 끌려가서 그 짜증스러운 미팅에 늦기 전에요."

둘 사이에 편안한 공기가 퍼지자 리브는 숨을 내쉰다. 자신이 숨을 참고 있었다는 것도 몰랐다.

"뭐 할 거야?"

리브는 주섬주섬 열쇠, 지갑, 재킷, 전화 등 소지품을 챙기는 데이비드를 지켜본다.

"그림을 좀 보러 갈까 해요."

"일 끝나자마자 문자할게. 내가 당신 있는 곳으로 갈게."

데이비드가 손키스를 날리며 말한다.

"침대에서 꼼짝 못하게 하겠다는 얘기는 그때 계속하자고."

거리 중간쯤에서 돌아서서 데이비드가 한 손을 들어 올리고 소리친다.

"A bientot(또 봐요), 할스톤 부인!"

데이비드가 시야에서 사라질 때까지 리브의 얼굴에서는 미소가 사라지지 않는다.

호텔 안내원이 지금 이 시간에는 루브르 박물관을 관람하려는 줄이 너무 길어서 입장 때까지 몇 시간이 걸린다고 알려줬다. 그래서 리브는 루브르 대신에 오르세 미술관으로 향한다. 데이비드는 미술관 건물이 그 안에 전시된 미술 작품만큼이나 인상적이었다고 했다. 아침 10시밖에 되지 않았는데도 뱀이 똬리를 틀고 있는 것처럼 미술관 건물 앞쪽에는 긴 행렬이 구불구불 늘어서 있다. 벌써부터 햇살이 강렬하게 내리쬐는데 리브는 깜빡 잊고 모자를 가져오지 않았다.

"아, 어떡하지."

긴 행렬의 뒤쪽에 서서 리브는 혼자 중얼거린다.

"데이비드의 미팅이 끝나기 전에 건물 안에라도 들어갈 수 있을까."

"그렇게 오래 걸리지는 않을 거예요. 관람객들을 빠르게 이동시키고 있으니까."

리브의 앞에 서 있는 남자가 고개를 돌리고 말하고는 줄 앞쪽을 향해 고개를 끄덕인다.

"미술관에서 무료 입장을 제공할 때가 있어요. 지금 저 줄이에요."

남자는 바스락거리는 리넨 소재의 재킷을 입고 있는데 상당히 부유한 분위기를 풍긴다. 남자가 리브에게 미소를 지어 보이자 리브는 자신이 영국인이라는 사실이 드러나는지 궁금해진다.

"이 사람들이 다 안으로 들어갈 수나 있을지 모르겠네요."

"아, 들어갈 수 있어요. 저 안이 타디스(BBC에서 제작 방영되는 영국의 드라마 시리즈 '닥터 후'에 나오는 전화박스형 타임머신 – 옮긴이) 같거든요."

리브가 미소를 짓자 남자는 손을 내밀며 말한다.

"팀 프리랜드입니다."

"리브 윌스 할스톤, 리브 할스톤이에요."

리브는 결혼으로 바뀐 이름이 아직 입에 붙질 않는다.

"아. 저 포스터에 마티스전이 열리고 있다고 나와 있군요. 줄 내가 사랑하는 거 알죠?

나도 사랑해.

이 긴 게 그 때문인 것 같네요. 이봐요. 내가 우산을 펼게요. 거북한 햇볕을 막을 수 있을 거예요."

한 번에 몇 걸음씩 지그재그로 조금씩 앞으로 나아가는 동안 남자는 리브에게 매년 테니스를 보러 오는데 테니스 경기가 없을 때에는 좋아하는 장소 몇 곳을 돌아다닌다고 하면서 관광객이 너무 많아 제대로 그림을 관람할 수 없는 루브르보다 이곳을 훨씬 더 좋아한다고 말한다. 이렇게 말하는 남자의 얼굴에 엷은 미소가 번진다. 관광객인 자신이 그렇게 말하는 게 아이러니하다는 것을 깨달은 모양이다.

남자는 키가 크고 햇볕에 그은 피부에 짙은 금발 머리를 가졌다. 리브가 십 대 때부터 마음에 그리던 대로 머리를 뒤로 빗어 넘긴 모습이다. 자신의 생활방식에 대해 얘기하는 걸로 미루어 경제적으로 걱정이 없고, 또 아이들에 대해 언급하는 것이나 결혼반지가 없는 걸로 봐서 멀리 떨어져 사는 이혼남이라는 것을 알 수 있다. 남자는 배려심도 깊고 매력적이다. 두 사람은 파리의 레스토랑, 테니스 경기, 예측 불가능한 파리지앵 택시 기사 이야기로 꽃을 피운다. 입 밖에 낼 수 없는 분노나 궁지로 몰아넣는 대화로 괴로워하지 않고 편안하게 대화를 나눌 수 있어서 리브는 위로가 된다. 앞줄에 이르렀을 때쯤 이상하게도 리브는 기분이 좋다.

"음, 덕분에 시간 가는 줄 몰랐어요."

25분 후에 그들은 줄 맨 앞에 이르렀다. 팀 프리랜드는 우산을 접고 손을 내민다.

"만나서 정말 반가웠어요, 올리비아 할스톤. 인상파 화가 작품이 전시된 꼭대기 층에 꼭 가봐요. 사람들이 몰려들기 전에 지금 바로 가서 최고의 전망을 보도록 해요."

리브를 보고 미소를 짓는 남자의 눈가에 주름이 잡힌다. 가는 길을 이미 확실히 알고 있다는 듯이 남자는 광장처럼 넓은 미술관 안으로 성큼성큼 가버린다. 그리고 신혼여행 중이라고 해도 자신에게 추파를 던진 건지 아닌 건지 알 수는 없지만 배려심 깊고 잘생긴 남자와 나눈 20분간의 대화에 힘을 얻을 수 있다는 사실을 깨달은 리브는 승강기를 향해 의기양양하게 성큼성큼 걸어간다.

서두르지 않고 인상파 화가 구역을 따라 천천히 걸으며 리브는 각각의 그림을 주의 깊게 살핀다. 어차피 시간을 때워야 되기도 하니. 2년 전 학위를 마친 이후로 미술관에 얼씬도 하지 않았다는 게 좀 부끄럽다. 생각해보니 리브는 모네와 모리조의 작품들을 좋아하고, 르누아르의 작품들을 좋아하지 않는다. 어쩌면 르누아르의 작품들이 초콜릿 상자에 너무 많이 쓰여서 그 두 가

지를 연관 짓지 않고 생각하기가 힘들기 때문일 것이다.

리브는 앉았다가 다시 일어서며 생각한다.

'데이비드가 여기 있으면 좋을 텐데.'

그림 앞에 서 있는데 그것에 대해 함께 얘기할 사람이 아무도 없다고 생각하니 기분이 이상하다. 어느새 리브는 자신처럼 그곳에 혼자 있는 것 같은 다른 사람들을 몰래 살피면서 그들에게 괴팍한 모습이라도 있는지 확인하고 있다. 그냥 누군가와 얘기를 하고 싶은 마음에 재스민에게 전화를 해도 될까 생각해본다. 하지만 그렇게 하면 신혼여행에 문제가 있다는 것을 공공연히 드러내는 꼴이 된다. 어쨌든 누가 신혼여행까지 와서 다른 사람에게 전화를 하겠는가? 다시 데이비드에게 화가 나서 리브는 조용히 심호흡을 하며 화를 가라앉힌다.

어느덧 리브 주위에는 관람객이 점점 불어나고 있다. 연극적으로 설명을 하는 미술관 안내원의 인솔을 받으며 초등학생 한 무리가 지나간다. 그들은 〈풀밭 위의 점심 식사Le Dejeuner Sur L' herbe: 에두아르 마네(1863)〉라는 작품 앞에 멈춰 서고, 안내원이 아이들에게 앉으라고 손짓을 하고 설명을 시작한다.

"여길 좀 보세요!"

그는 불어로 소리친다.

"화가들은 마르지 않은 물감 위에 물감을 덧칠했답니다. 이

화가들이 처음으로 그렇게 한 거예요! 그래서 색을 이런 식으로 쓸 수 있었어요….”

안내원은 막 손짓을 하며 그림을 가리킨다. 아이들은 넋을 잃고 듣고 있다. 작은 무리의 어른들도 멈춰 서서 귀를 기울인다.

“그런데 이 그림이 처음 발표됐을 때 엄청난 스캔들을 일으켰답니다. 아주 어마어마했어요! 왜 여성은 옷을 입고 있지 않고 신사들은 옷을 입고 있을까요? 이유가 뭐라고 생각해요, 여러분?”

여덟 살짜리 프랑스 꼬마들이 공공장소에서 옷을 입지 않고 알몸을 드러내는 것에 대해 토론을 벌인다는 사실이 마음에 든다. 안내원이 아이들을 존중하면서 이야기하는 것도 보기 좋다. 다시 데이비드가 이곳에 있으면 좋겠다는 생각이 든다. 데이비드도 그녀와 똑같이 생각했을 테니까.

몇 분이 지나고 나서야 리브는 연결된 전시실들에 많은 사람이 들어와서 숨이 막힐 정도로 붐비고 있다는 것을 알아챈다. 사방에서 영국식 억양과 미국식 억양이 계속 들린다. 무슨 까닭인지 짜증이 난다. 리브는 자신이 사소한 일에도 갑자기 화를 내고 있다는 것을 깨닫는다.

그곳을 벗어나고 싶어서 리브는 급히 걸음을 옮겨 풍경화 전시실을 하나둘 지나서 덜 인기 있는 화가들의 전시실로 옮겨간

다. 그곳에는 관람객들이 띄엄띄엄 서 있다. 이제 리브는 천천히 움직이면서 비록 시선을 끄는 작품들이 별로 없긴 하지만, 유명 화가들의 작품에 주목한 것과 마찬가지로 그다지 유명하지 않은 이 화가들의 작품에 주목하려고 한다.

막 출구를 찾으려다가 리브는 자기 앞에 있는 작은 유화 한 점을 발견하고 자기도 모르게 그곳에 멈춰 선다. 빨간 머리의 여자가 남은 음식물이 잔뜩 놓여 있는 탁자 옆에 속옷 같은 흰 옷을 입고 서 있는 그림이다. 왠지 모르겠다. 몸을 반쯤 돌리고 있는 모습이지만 얼굴 옆모습은 뚜렷하다. 화가 이름을 보려고 시선을 옮기지만 눈에 띄지 않는다. 불만스러운 듯, 아니 긴장해서 리브는 어깨를 구부린다.

그림 제목에는 〈화가 난 아내Wife, out of sorts〉라고 적혀 있다. 작품명을 보고 나서 리브는 여자의 아주 맑은 눈망울과 붉게 물든 두 뺨, 몸에서 느껴지는 간신히 억누른 분노와 좌절감을 응시한다. 불현듯 어떤 생각이 스친다.

'맙소사. 이건 나잖아!'

일단 이런 생각이 머릿속에 떠오르자 그 생각이 사라지지 않는다. 눈길을 돌리고 싶지만 그럴 수가 없다. 주먹으로 한 대 맞은 것처럼 숨이 차다. 이상하게 그림이 아주 친숙하고 마음을 불안하게 한다. 리브는 생각해본다.

'나는 스물세 살이야. 그리고 나를 벌써 자신의 인생에서 배경쯤으로 취급하는 남자와 결혼했어. 나는 부엌에서 조용히 화가 나 있는 슬픈 얼굴을 한 저 여자처럼 될 거야. 간절히 남편의 관심을 원하지만 관심을 받지 못해서 화가 나 있는, 아무도 신경 쓰지 않는 저 여자처럼. 혼자서 온갖 일을 하고 나름대로 최선을 다하고 있는데도.'

리브는 앞으로 데이비드와 함께할 여행들에 대해 생각해본다. 데이비드에게는 또 놓칠 수 없는 중요한 일이 생기고, 그 때문에 자신은 낙심한 얼굴을 보이지 않으려고 여행안내서에서 지역의 관광 명소들을 훑어보고 있을 것이다.

'결국 우리 엄마처럼 될 거야. 마누라가 되는 거야.'

갑자기 미술관이 너무 붐비고 소란스럽다. 어느새 리브는 아래층으로 내려가고 있다. 길을 잘못 든 탓에 밀려오는 관람객을 뚫고 사람들이 어깨나 팔꿈치 그리고 가방으로 밀쳐댈 때마다 사과의 말을 웅얼거리며 내려간다. 비스듬히 미끄러지듯 계단을 내려와서 복도를 따라 이리저리 헤치며 나아가지만 출구 쪽으로 가는 대신에 리브는 사람들이 줄을 서고 있는 큰 식당 옆에 와 있다.

'빌어먹을 출구는 어디 있는 거야?'

어이없게도 갑자기 그곳이 사람들로 붐빈다. 리브는 아르 데

코(1920~1930년대에 유행한 장식 미술의 한 양식. 기하학적 무늬와 강렬한 색채가 특징 ─ 옮긴이) 전시관 ─ 기괴하고 과도하게 화려한 유기적인 디자인의 큰 가구들이 있는 ─ 을 뚫고 앞을 향해 가다가 길을 잘못 들었다는 것을 깨닫고는 무언가 명확하게 표현할 수 없는 이유로 오열을 터트린다.

"괜찮아요?"

리브는 휙 돌아본다. 팀 프리랜드가 손에 팸플릿을 들고 그녀를 응시하고 있다. 재빨리 눈물을 닦고 리브는 미소를 지으려고 한다.

"제가, 제가 출구를 찾을 수가 없네요."

남자의 눈이 리브의 얼굴을 계속 살피고 있다.

'정말 울고 있는 건가?'

리브는 당황스럽다.

"죄송해요. 저는 그저, 저는 정말 여기서 나가야겠어요."

"사람들이 많아서 그럴 거예요."

남자는 조용히 말한다.

"이맘때에는 좀 지나치게 관람객이 많죠. 자, 이리 와요."

남자는 리브의 팔꿈치를 가볍게 치며 말하고는 그녀를 데리고 사람들이 조금씩 모여 있는, 좀 더 어두운 가장자리의 방들을 계속 따라간다. 몇 분도 안 되어 그들은 계단을 내려와서 바깥쪽

의 밝은 중앙 홀로 나온다. 그곳에는 입장하기 위해 늘어선 줄이 아까보다 훨씬 더 길어져 있다.

그들은 조금 떨어져 멈춰 선다. 리브는 호흡을 가다듬는다.

"정말 죄송해요."

리브가 뒤를 돌아보고 말한다.

"다시 들어가실 수 없을 것 같아요."

남자는 고개를 젓는다.

"오늘은 됐어요. 사람들 뒤통수밖에는 보이지 않을 때가 무대에서 내려와야 할 때죠. 어쨌든 떠날 시간이에요."

두 사람은 잠시 동안 밝은 햇살 아래 넓은 포장도로에 서 있다. 도로 위의 차들은 강가를 따라 엉금엉금 기어가고 모터 달린 자전거가 정지해 있는 차량들 사이를 요란하게 누비며 달려간다. 태양이 도시를 특별하게 보이게 하는 청백색 빛을 건물에 던지고 있다.

"커피 한잔할래요? 잠깐 앉는 게 좋을 거 같은데."

"아, 아니에요. 약속이 있어서요."

리브는 자신의 휴대폰을 내려다본다. 문자 메시지 온 게 없다. 잠시 휴대폰을 노려보며 이 상황을 이해하려고 한다. 데이비드가 말한 시간보다 1시간 가까이 지났다는 것을 생각하면서 리브가 말을 꺼낸다.

"음. 잠깐만 기다려주시겠어요?"

리브는 돌아서서 미간을 찡그린 채 데이비드의 번호를 누르고는 볼테르 부두를 따라 서행하는 차량들을 응시한다. 곧바로 음성 사서함으로 연결된다. 리브는 잠깐 데이비드에게 뭐라고 말해야 할까 생각해본다. 그러다가 아무 말도 하지 않기로 결정한다. 휴대폰을 닫고 리브는 팀 프리랜드를 향해 돌아선다.

"사실은 커피를 마시고 싶어요. 감사합니다."

"Un express, et une grande crème(크림을 듬뿍 얹은 에스프레소 한 잔이요)."

리브가 훌륭한 발음으로 불어를 말할 때조차도 종업원들은 예외 없이 영어로 그녀에게 대답한다. 오전에 당혹스러운 일을 많이 당한 후라 별로 당황스럽지도 않다. 리브는 커피 한 잔을 마시고 한 잔 더 주문하고 나서 따뜻한 도시의 공기를 들이마시고는 더 이상 자신에 대해 생각하지 않기로 한다.

"질문이 많네요."

어느 순간 팀 프리랜드가 말한다.

"당신은 기자거나, 아니면 아주 훌륭한 신부 학교를 다녔을 거예요."

"아니면 산업 스파이거나요. 당신의 새 제품에 대해 모두 알

고 있어요."

그가 소리 내어 웃으며 말한다.

"아, 안타깝게도 나는 제품 자유 지역이에요. 그러니까 나는 은퇴했어요."

"정말이요? 그 정도 나이로 보이지 않는데요."

"그 정도로 나이가 많지는 않아요. 아홉 달 전에 사업을 정리 했어요. 뭘 해야 할지 지금도 생각 중이죠."

이렇게 말하는 걸 들으면 남자는 그런 상황을 별로 걱정하지 않는 것 같다. 리브는 생각한다.

'좋아하는 도시들을 어슬렁거리고 미술 작품을 보러 가고 우연히 만난 낯선 사람에게 커피를 권하며 하루를 보낼 수 있는데 왜 이곳에 있는 걸까?'

"그래서 어디 사세요?"

"음, 여기저기. 이곳에는 초여름에 두어 달 머무르죠. 집은 런던에 있어요. 남아메리카에서도 시간을 좀 보내요. 전처와 두 아이들이 부에노스아이레스에서 살고 있어요."

"복잡할 것 같네요."

"내 나이가 되면 인생이란 게 늘 복잡한 법이죠."

복잡한 일에는 이골이 났다는 듯이 남자가 웃는다.

"한참 동안 나는 사랑에 빠지면 결혼을 해야 한다고 생각하는

그런 바보 같은 사람 중 하나였어요."

"정말 신사적이시네요."

"전혀 아니에요. '사랑에 빠질 때마다 집을 한 채씩 날린다'고 불평한 게 누구겠어요?"

남자는 커피를 젓는다.

"사실 지금은 상당히 친절해진 거예요. 전처가 둘 있는데, 둘 다 아주 훌륭한 여자들이에요. 좀 안타까운 것은 결혼생활을 하는 동안에는 그 사실을 몰랐다는 거예요."

남자는 억양을 조정하고 신중하게 말을 골라가며 조심스럽게 말한다. 이야기를 하는 것에 익숙한 사람이다. 리브는 남자를 응시한다. 그의 햇볕에 그은 손과 새하얀 셔츠의 소맷부리를 바라보며 살림을 맡아 하는 가정부가 있는 최고급 콘도식 아파트와 레스토랑 주인이 그의 이름을 기억하고 있는 고급 레스토랑을 상상해본다. 팀 프리랜드는 리브가 좋아하는 타입도 아니고 적어도 그녀보다 스물다섯 살이나 많지만, 리브는 잠시 이런 남자와 함께하는 것이 어떤 것일지 궁금하다. 우연히 지나가는 구경꾼에게 그들이 부부처럼 보일까.

"그럼 지금 무슨 일을 하고 있나요, 올리비아?"

리브가 자기소개를 한 이후로 남자는 그녀를 올리비아라고 불렀다. 다른 사람이 그렇게 부른다면 유혹처럼 들릴 수도 있을

전처가 둘 있는데,
둘 다 아주 훌륭한 여자들이에요.
좀 안타까운 것은
결혼생활을 하는 동안에는
그 사실을 몰랐다는 거예요.

테지만 그가 그렇게 부르면 구식 예의처럼 들린다. 리브는 몽상에 빠져 있다가 자신이 무슨 생각을 하고 있었는지를 깨닫고는 얼굴을 붉힌다.

"저는, 저는 현재는 뭐랄까 실직 상태예요. 학부를 마치고 사무직 일을 좀 했고, 웨이트리스 일도 좀 했어요. 보통의 중산층 여자들이 하는 것처럼요. 저도 뭘 해야 할지 아직 결정하지 못한 것 같네요."

리브는 어색하게 웃는다.

"생각할 시간은 많아요. 아이들이 있나요?"

남자는 의미심장한 눈길로 리브의 결혼반지를 보며 묻는다.

"어머, 없어요. 아직 부모가 될 나이는 아니에요."

리브는 쑥스러운 듯 소리 내어 웃는다. 리브는 자기 몸도 건사할 줄 모른다. 가냘픈 소리로 울며 자신에게 의지하는 아기가 있다는 것은 상상할 수도 없다. 남자가 자신을 유심히 보는 게 느껴진다.

"그렇죠. 시간은 충분하니까."

남자는 리브의 얼굴에서 시선을 떼지 않고 이어 말한다.

"실례되는 말이지만, 아직 결혼할 나이는 아닌 것 같은데요. 요즘에는 그렇잖아요."

뭐라고 대답해야 좋을지 몰라서 리브는 커피를 한 모금 홀짝

인다.

"여자한테 나이를 물어보는 게 실례라는 건 알지만, 당신은 스물셋? 스물넷쯤 됐나요?"

"나쁘지 않네요. 스물셋이에요."

남자는 고개를 끄덕인다.

"골격이 훌륭하네요. 10년간은 스물셋으로 보일 거예요. 아니, 부끄러워할 것 없어요. 사실을 말하는 것뿐이니까. 그러면, 어린 시절 친구와 결혼한 건가요?"

"아니요, 정신없이 벌어진 연애에 가까워요."

리브는 커피에서 눈을 들어 쳐다본다.

"사실 저는, 얼마 전에 결혼했어요."

"얼마 전에 결혼했다고요?"

남자가 리브를 바라본다. 뚫어지게 보는 그의 시선에 의문이 담겨 있다.

'그러면 신혼여행 중인가요?'

남자는 호들갑스럽게 묻지는 않지만 어리둥절한 표정에다 갑작스러운 연민을 어설프게 숨기고 있다. 리브는 그것을 견딜 수가 없다. 〈화가 난 아내〉를 떠올리며 리브는 타인의 희미한 당혹감이 담긴 시선을 외면하려고 한다.

'어, 결혼했어요? 당신 남편은 어디 있나요?'

"죄송해요."

리브는 고개를 숙인 채 탁자에 놓인 소지품을 허둥지둥 챙기면서 말한다.

"이만 가야겠어요."

"올리비아. 너무 서둘지 말아요. 나는…."

리브의 귀가 새빨개진다.

"아니요. 정말 가야 돼요. 어쨌든 여기에 더 있으면 안 될 것 같아요. 만나서 정말 반가웠어요. 커피 정말 감사해요. 그리고, 그러니까…."

리브는 남자를 쳐다보지 않고 말한다. 그러고는 짐짓 미소를 지어 대충 남자 쪽으로 미소를 보내고는 뛰다시피 걸어서 도망치듯 센 강을 따라 노트르담 성당 쪽으로 걸음을 재촉한다.

Paris, 1912

바람이 제법 써늘하고 구질구질하게 비까지 내리는데도 몽주 시장은 장을 보러 나온 사람들로 북적거렸다. 나는 반걸음 뒤에서 미미 아인스바허를 따라갔다. 그녀는 우리가 시장에 발을 디딘 순간부터 과감하게 엉덩이를 흔들며 가판대 주위를 돌면서 끊임없이 자기 의견을 쏟아냈다.

"아, 이걸 좀 사야 해요. 에두아르는 이 스페인 복숭아를 정말 좋아해요. 이것 좀 봐요, 잘 익었네요."

"에두아르한테 랑구스틴(작은 바다가재의 일종-옮긴이) 요리를 해준 적 있어요? 어머! 저 남자는 어떻게 랑구스틴을 먹을 수 있지…."

"양배추? 붉은 양파? 정말 그걸 사려고요? 그런 재료들은 너무, 소박하잖아요. 그러니까 에두아르는 분명 좀 더 고급스러운

걸 즐길 거예요. 대단한 미식가잖아요. 에두아르 말이에요. 글쎄, 한번은 우리가 르 프티 피스에 갔는데 에두아르가 14코스의 테이스팅 메뉴를 전부 먹는 거예요. 상상이 가요? 프티푸르(커피·차와 함께 내는 아주 작은 케이크 또는 쿠키-옮긴이)가 나왔을 때엔 나는 에두아르의 배가 빵 터져버리는 줄 알았다니까요. 하지만 정말 행복해했어요."

미미는 공상에 잠겨 있는 것처럼 멍하니 고개를 흔들었다.

"에두아르는 그런 입맛을 가진 남자예요."

나는 당근 한 묶음을 집어 들고 마치 그것에 관심이 있는 것처럼 보이려고 이리저리 훑어보며 꼼꼼히 살폈다. 뒷머리 어딘가가 쿵쿵 울리기 시작했는데, 그것이 두통의 전조 증상이라는 걸 알 수 있었다.

미미 아인스바허는 병들이 쌓여 있는 가판대 앞에 멈춰 섰다. 그 가판대 주인과 두서너 마디 주고받고 나서 작은 병 하나를 집어 들고 불빛에 비춰보았다. 그러고는 모자 아래로 나를 곁눈질하며 말했다.

"아, 그런 추억 얘기는 듣기 싫은가보네요, 소피아. 그래도 푸아그라 얘기는 해야겠어요. 에두아르가 아주 좋아하는 거예요. 혹시 가계비가 좀 충분하지 않다면, 에두아르에게 줄 작은 선물로 내가 사주고 싶어요. 오랜 친구로서 말이에요. 에두아르가 이

런 일에 좀 유난스러운 거 알잖아요."

"충분히 감당할 수 있어요, 어쨌든 감사해요."

미미의 손에서 푸아그라 병을 잡아채서 내 바구니에 집어넣고는 가판대 주인에게 돈을 건넸다. 남아 있던 식비의 절반이라는 것에 무언의 분노가 치밀었다. 미미가 천천히 걸어서 어쩔 수 없이 그녀와 나란히 걸었다.

"그러니까, 가니에르한테 듣기로는 에두아르가 몇 주 동안 그림을 한 작품도 그리지 못했다고 하더라고요. 상당히 애석한 일이에요."

'당신이 왜 에두아르의 중개인과 이야길 하는 거지?'라고 물어보고 싶었지만, 그냥 꾹 참았다.

"결혼한 지도 얼마 안 됐고, 에두아르는, 아마 집중이 안 됐을 거예요. 알고 있겠지만, 에두아르는 재능이 뛰어난 사람이에요. 집중을 잃어서는 안 돼요."

"때가 되면 그리겠다고 하던데요."

미미는 내 말을 듣고 있지 않는 것 같았다. 파이가 있는 가판대 쪽으로 가서 타르트 프랑부아즈(산딸기 파이)를 보고 있었다.

"프랑부아즈네! 이 계절에! 세상이 어떻게 돌아가고 있는 건지 상상도 안 된다니까."

"에두아르를 위해 이것도 사라고는 하지 말아요. 빵을 살 돈 신혼이잖아.

　　　　오랫동안 당신을 혼자 둘 수는 없지.

게다가 당신이 보고 싶었어.

밖에는 남아 있지 않다고요."

나는 미미의 뒤통수에다 대고 혼잣말을 했다. 하지만 미미는 다른 생각을 하고 있는 것 같았다. 작은 바게트를 하나 사고는 그 가판대 주인이 종이에 빵을 싸는 동안 기다렸다가 나를 향해 반쯤 돌아서서 목소리를 낮추고 말했다.

"있잖아요, 저 남자가 결혼하게 된 이야기를 듣고서 우리가 얼마나 놀랐는지 상상도 할 수 없을 거예요. 에두아르처럼 말이에요."

미미는 바구니 손잡이 사이로 바게트를 조심스럽게 밀어 넣으면서 말했다.

"그래서 궁금했어요. 축하를 하는 게 맞는 건지."

나는 그녀를 바라보았다. 환히 웃고 있지만 공허해 보이는 웃음이었다. 그러다가 그녀가 비난하는 듯한 눈길로 내 허리께를 응시하고 있다는 것을 알았다.

"아니에요!"

몇 분이 지나서야 그녀가 나를 모욕했다는 것을 깨달았다. 그녀에게 이렇게 말해주고 싶었다.

'에두아르가 내게 결혼해달라고 매달렸어. 결혼을 고집한 건 에두아르였다고! 에두아르는 다른 남자가 나를 쳐다본다는 생각조차도 참을 수 없어 했어. 자신이 내게서 찾아낸 매력적인 점

을 다른 남자들도 찾아낼 수 있다는 것을 못 견뎌 했다고!'

그러나 그녀에게 우리 얘기를 조금도 하고 싶지 않았다. 적대감을 가진 채 웃고 있는 그녀를 마주하자 나와 에두아르의 관계에 대한 모든 걸 말하기 싫어졌다. 그러면 저 혼자 찧고 까부르고 할 테니까. 얼굴이 화끈거렸다. 미미는 그대로 서서 잠시 나를 뚫어지게 바라보았다.

"어머, 신경 쓰지 말아요, 소피아."

"소피. 내 이름은 소피예요."

미미가 돌아서며 말했다.

"아, 그래요. 소피. 하지만 내가 의심하는 게 그리 뜻밖의 일은 아니에요. 에두아르를 오랫동안 알고 지낸 사람들이라면 그에 대해 약간의 소유 의식을 느끼는 게 지극히 당연한 일이에요. 어쨌든 우리는 당신에 대해 거의 알지 못하잖아요. 그것 말고는요. 당신이 점원이라는 거요, 맞죠?"

"맞아요. 에두아르와 결혼할 때까지요."

"물론 그때 그만둬야 했겠죠. 상점을 말이에요. 정말 유감이에요. 상점 친구들이 그립겠어요. 자기 친구들과 있는 게, 자기 부류의 사람들 사이에 있는 게 얼마나 위안이 되는지 너무도 잘 알거든요."

"나는 에두아르의 친구들과 잘 지내고 있어요."

"그럴 거예요. 다른 사람들이 수년 동안 서로 알고 지낸 것을 생각하면 참된 친구들을 사귀는 게 지독히 어려울 테지만요. 과거의 그런 즐거움을 공유하는 사람들 속에 끼어들기가 무척 힘들 거예요."

미미는 미소를 지었다.

"물론 그럴지라도 나는 당신이 잘 해낼 거라고 믿어요."

"우리 둘만 있어도 아주 행복해요."

"당연히 그럴 테죠. 하지만 에두아르가 오랫동안 그렇게 있으려고 할지 알 수 없잖아요, 소피. 어쨌든 에두아르는 아주 사교적인 사람이에요. 에두아르 같은 사람에게는 최대한 자유를 허용해야 해요."

나는 평정을 잃지 않으려고 애를 쓰고 있었다.

"꼭 내가 에두아르의 교도관인 것처럼 말하네요. 나는 에두아르가 좋아하는 일 말고 다른 일을 하는 걸 바란 적이 없어요."

"아, 분명히 당신은 그랬을 거예요. 또 당신이 운이 좋아서 에두아르 같은 사람과 결혼했다는 것도 잘 알고 있을 거라 믿어요. 나는 그저 조언을 몇 마디 건네는 게 현명하다고 생각했을 뿐이에요."

내가 대답을 하지 않자 미미는 덧붙여 말했다.

"아마 당신은 내가 굉장히 주제넘다고 생각할 거예요. 당신

남편에 대해 당신에게 이러쿵저러쿵 충고를 하고 있으니 말이에요. 하지만 알다시피 에두아르는 부르주아의 규율을 따르지 않는 사람이잖아요. 그래서 나 역시 제한 없이 대화를 나누는 게 허용될 거라고 생각했어요."

"정말 감사해요, 마담 아인스바허."

'약속을 잊었다고 꾸며대고 그냥 돌아서서 가버려도 될까? 확실히 참을 만큼 참았잖아?'

미미는 파이 가판대에서 물러서면서 손짓으로 내게도 물러서라는 신호를 보내고는 목소리를 낮추어 말했다.

"솔직히 말하면, 당신에게 또 다른 면에 대해서도 충고하는 게 내 의무라고 생각해요. 말하자면, 여자 대 여자로서요. 당신도 잘 알고 있겠지만, 에두아르는 엄청난 사람이에요. 욕구가 말이에요."

미미는 의미심장한 시선으로 나를 바라보았다.

"지금 당장은 결혼생활을 즐길 테지만, 다시 다른 여자들 그림을 그리기 시작하면, 각오를 해야 해요. 에두아르에게 어느 정도 자유를 줘야 해요."

"뭐라고요?"

"내가 자세히 설명해줬으면 좋겠죠, 소피아?"

"소피."

우리 둘만 있어도
아주 행복해요.

나는 이를 악물고 말했다.

"내 이름은 소피예요. 그리고 네, 부디 자세히 설명해주세요, 마담."

"무례했다면 정말 미안해요."

미미는 예쁜 미소를 지으며 말했다.

"하지만 에두아르가 관계를 가진 모델이 당신이 처음은 아니라는 걸 알아야 해요."

"무슨 말인지 모르겠네요."

미미는 나를 멍청하다는 듯이 쳐다보았다.

"에두아르의 캔버스에 그려진 여자들이요. 에두아르가 그렇게 섬세하고 강렬하게 묘사할 수 있는 데에는 다 그만한 이유가 있는 거예요. 그건 다 그런, 관계 때문이죠."

그제야 미미가 무슨 말을 하고 있는 건지 깨달은 것 같다. 하지만 나는 작은 단두대에서 떨어지는 칼날처럼 내게 떨어지는 그 말들을 묵묵히 들으며 그렇게 서 있었다.

"에두아르는 즉흥적으로 행동하는, 예측할 수 없는 열정을 가진 남자예요. 결혼이라는 새로운 경험에 싫증이 나면 말이에요, 소피아. 에두아르는 예전 습관으로 돌아갈 거예요. 당신이 현명하다면, 나는 당신이 분명히 그럴 거라 생각해요. 당신의 이력을 볼 때 말이에요. 모르는 척하는 게 좋아요. 그런 남자를 구속할

수는 없어요. 그건 에두아르가 예술혼을 불태우는 데도 이롭지 않아요."

나는 감정을 억눌렀다.

"마담 아인스바허, 제가 너무 시간을 많이 뺏었네요. 여기서 헤어져야 할 것 같아요. 당신의 충고, 감사해요."

돌아서서 걸어갈 때 미미의 말이 귓가에 맴돌아서 나는 무엇이든 치지 않으려고 손가락 관절 마디가 하얘지도록 주먹을 꽉 움켜쥐었다. 쉬플로 거리를 반쯤 왔을 때에야 비로소 양파와 양배추, 그리고 치즈가 들어 있는 내 장바구니를 가판대 옆 바닥에 놓고 왔다는 것을 깨달았다.

내가 집에 돌아왔을 때 에두아르는 집에 없었다. 별로 놀라운 일은 아니었다. 에두아르와 그의 중개인은 보통 근처 술집에 죽치고 앉아 거래를 처리하면서 파스티스(아니스 열매 향이 나는, 보통 식사 전에 마시는 술 - 옮긴이)를 마시거나, 밤이 깊어지면 압생트(프랑스산 독주 - 옮긴이)를 마셔대곤 했다. 나는 지갑과 푸아그라 병이 들어 있는 바구니를 부엌에 내려놓고 세면대로 가서 상기된 뺨에 찬물을 끼얹었다. 거울에서 나를 돌아보는 여자는 분노로 꾹 다문 입과 붉게 달아오른 창백한 뺨을 하고 우울한 빛을 띠고 있었다. 에두아르가 바라보던 그 여자가 되기 위해 미소를 지어보

려 했지만 그녀는 돌아오지 않았다. 불현듯 자신의 행복이 흐르는 모래 위에 세워진 것 같은 기분이 드는, 야위고 의심 많은 여자만을 볼 수 있었다.

단맛이 나는 와인 한 잔을 따라서 단숨에 들이켰다. 그러고는 한 잔 더 들이켰다. 나는 평생 낮에 술을 마신 적이 한 번도 없었다. 폭음을 하는 아버지 밑에서 자랐기 때문에 에두아르를 만날 때까지 술을 별로 좋아하지도 않았다. 침묵 속에 그렇게 앉아서 나는 그녀가 했던 말에 귀를 기울였다.

"에두아르는 예전 습관으로 돌아갈 거예요. 에두아르의 캔버스에 그려진 여자들이요. 에두아르가 그렇게 묘사할 수 있는 데에는 다 그만한 이유가 있는 거예요…."

유리잔을 벽에 힘껏 던졌다. 유리잔이 깨지는 소리 앞에서 나는 괴로움에 울부짖었다. 소리 없는 고통에 잠겨 얼마나 누워 있었는지 모르겠다. 일어나고 싶지 않았다. 우리 집, 에두아르의 아틀리에에는 더 이상 우리의 작은 천국이 아닌 것 같았다. 에두아르의 과거의 관계들이라는 망령들이 몰려들어와 그들의 대화, 그들의 표정, 그들의 입맞춤으로 얼룩진 것 같았다.

'이렇게 생각하면 안 돼.'

나 자신을 책망하며 마음을 다잡으려고 애썼다. 그래도 고삐 풀린 말처럼 위태롭게 내달려서 터무니없는 방향으로 향하는

내 마음을 멈출 수가 없었다.

어두워지기 시작했다. 바깥에서 가로등에 불을 밝히며 작은 목소리로 흥얼대는 남자의 노랫소리가 들렸다. 전에는 그 소리에서 위안을 찾곤 했었는데.

막연히 에두아르가 돌아오기 전에 깨진 유리잔을 치워야겠다는 생각이 들어서 침대에서 일어났다. 하지만 나는 벽을 따라 포개져 있는 에두아르의 캔버스 쪽으로 갔다. 그림들 앞에서 망설이다가 그것들을 끌어내서 각각의 그림을 응시했다.

초록색 저지 드레스를 입고 있는 거리의 여자 로르 르콩트가 있었다. 아무것도 걸치지 않고 있는 또 다른 그림 속에서 그녀는 그리스 조각상처럼 기둥에 기대 서 있었다. 그녀의 봉긋 솟은 작은 가슴은 스페인 복숭아 반쪽을 엎어놓은 것 같았다.

브룅에서 일하는 영국인 매춘부 에멀라인은 의자 뒤로 팔을 늘어뜨린 채 맨 다리를 꼬고 앉아 있었다. 이름을 알 수 없는 검은 머리칼을 가진 여자도 있었다. 드러난 어깨 위로 꼬불꼬불한 머리칼을 늘어뜨린 채 긴 의자에 기대 앉아 있었는데 잠에서 막 깬 것처럼 눈을 내리깔고 있었다.

'이 여자랑도 잤을까? 애정 어린 시선으로 그려진 그녀의 살짝 벌어진 입술이 에두아르의 입술을 기다리고 있었을까? 저렇게 매끄러운 살을 드러내고 있고, 저렇게 교묘하게 구겨진 페티

코트에 에두아르가 넘어가지 않을 거라고 어떻게 생각할 수 있었지? 맙소사, 나는 정말 바보였어. 멍청한 시골뜨기였어.'

그리고 마침내 미미 아인스바허가 있었다. 거울 쪽으로 몸을 기울이고 있는 모습이었는데, 무자비한 코르셋에 의해 드러난 완벽한 맨 등의 곡선과 비스듬히 기운 어깨가 살짝 유혹적이었다. 애정이 담긴 그림이었다. 목탄의 선이 물 흐르는 듯했고 친밀감이 느껴졌다. 그런데 미완성이었다.

'여기까지 그리고 나서 에두아르는 뭘 했을까? 미미 뒤쪽으로 다가가서 그녀의 어깨에 커다란 두 손을 올려놓고 어깨와 목이 만나는 그 지점에 입을 맞췄을까? 언제나 나를 욕망에 전율하게 만드는 그 지점에? 에두아르는 미미를 저 침대에 ─ 우리 침대에 ─ 부드럽게 눕히고 사랑의 말을 속삭이면서 미미의 스커트 자락을 밀어 올리고….'

눈앞에서 두 손을 꽉 움켜쥐었다. 미친 여자처럼 정신이 이상해진 것 같았다. 전에는 나는 이 그림들의 존재를 알아채지도 못했었다. 이제 각각의 그림은 소리 없이 내 미래의 행복을 기만하고 위협하는 존재가 된 것 같았다.

'에두아르는 저 여자들과 다 잤을까? 다시 그렇게 즐기는 데 얼마나 걸렸을까?'

조금의 미동도 없이 그림들을 뚫어질 듯 바라보았다. 그것들

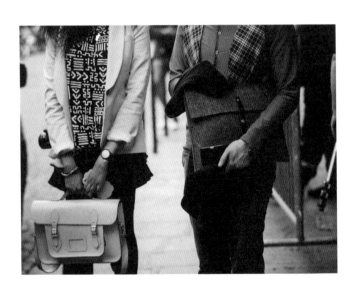

하나하나가 구역질이 날 만큼 싫었지만 눈을 뗄 수가 없었다. 각각의 그림에서 느껴지는 비밀과 쾌락과 배신과 달콤한 속삭임이 머릿속에 그려졌다. 어느새 바깥의 하늘이 내 머릿속만큼이나 어두워졌다.

에두아르가 휘파람을 불면서 쿵쾅대며 계단을 올라오는 소리가 들렸다.

"여보!"

문을 열면서 에두아르가 소리쳤다.

"왜 불도 안 켜고 있어?"

에두아르는 무거운 긴 코트를 침대에 떨어뜨리고는 아틀리에를 돌아다니면서 아세틸렌 램프와 빈 와인 병에 꽂아놓은 양초에 불을 붙였다. 입꼬리에 담배를 문 채 커튼을 닫았다. 그러고는 내게 다가와서 팔로 나를 감싸고 흐릿한 빛 속에서 나를 더 잘 보려고 눈을 가늘게 떴다.

"다섯 시밖에 안 됐어요. 당신이 이렇게 빨리 돌아올 줄 몰랐네요."

마치 꿈에서 깬 것 같은 기분이 들었다.

"신혼이잖아. 오랫동안 당신을 혼자 둘 수는 없지. 게다가 당신이 보고 싶었어. 쥘 가니에르가 당신의 매력을 대신할 수는 없

으니까."

에두아르는 살며시 내 얼굴을 끌어당겨서 내 귀에 부드럽게
입을 맞췄다. 담배 연기 냄새와 파스티스 향이 났다.

"당신과 떨어져 있는 건 견딜 수 없어, 나의 점원 아가씨."

"그렇게 부르지 말아요."

나는 일어나서 에두아르 곁을 떠나 부엌 쪽으로 갔다. 에두아
르가 멍한 눈길로 내 뒷모습을 바라보는 게 느껴졌다. 사실은 내
가 뭘 하고 있는 건지 모르겠다. 스위트 와인 병은 이미 비어 있
었다.

"배고픈 것 같아서요."

"나는 항상 배가 고파."

'에두아르는 욕구가 엄청난 남자예요.'

"내가, 장바구니를 시장에 놓고 왔어요."

"하하! 그럴 수도 있지. 나 역시 아침 내내 거의 제정신이 아
니었어. 어젯밤 말이야, 멋진 밤 아니었어?"

어젯밤 일이 생각나는지 에두아르는 빙그레 웃었다. 나는 대
답하지 않았다. 접시 두 개와 나이프 두 개, 그리고 아침에 먹다
남은 빵을 가져왔다. 그러고는 푸아그라 병을 노려보았다. 에두
아르에게 줄 게 아무것도 없었다.

"가니에르와 만난 일은 잘됐어. 가니에르 말이 16번가에 있는

베르투 화랑에서 초기의 풍경화 작품들을 전시하고 싶어 한대. 내가 카줄에서 그린 작품들 있잖아? 대형 작품 두 점은 벌써 구매자가 나섰다네."

에두아르가 와인 병의 코르크 마개를 따는 소리가 들리고 나서 탁자에 유리잔 두 개를 내려놓을 때 쟁그랑 소리가 났다.

"가니에르에게 새로운 수금 방식에 대해서도 말해줬어. 어젯밤 일을 얘기해줬더니 아주 감명을 받더라고. 이제 가니에르와 당신이 내 곁에서 도와주니까 우리는 분명히 떵떵거리며 살게 될 거야."

"들던 중 반가운 소리네요."

나는 퉁명스럽게 대꾸하고 빵 바구니를 에두아르 앞에 놓았다. 내가 왜 이러는지 모르겠다. 에두아르를 바라볼 수가 없었다. 맞은편에 앉아서 에두아르에게 푸아그라와 버터 약간을 내밀었다. 그리고 오렌지를 네 조각으로 잘라서 두 조각을 에두아르의 접시에 놓았다.

"푸아그라네!"

에두아르는 병뚜껑을 열었다.

"당신, 나를 정말 행복하게 만드네."

에두아르는 빵을 한 조각 잘라내서 주걱으로 엷은 분홍빛 파테를 빵에 발랐다. 에두아르가 먹는 것을 지켜보았다. 에두아르

당신,
  나를 정말
행복하게 만드네.

가 나를 바라보았다. 잠시 동안 에두아르가 푸아그라를 좋아하지 않고 싫어했으면 정말 좋겠다고 생각했다. 그러나 에두아르는 내게 키스를 날리고 아주 희희낙락하며 맛있게 먹었다.

"정말 멋진 인생이잖아, 당신과 나, 어?"

"내가 푸아그라를 고른 게 아니에요, 에두아르. 미미 아인스바허가 당신을 위해 고른 거예요."

"미미?"

에두아르의 눈길이 잠시 내 눈에 머물렀다.

"음, 미미가 음식을 잘 알지."

"다른 건요?"

"음?"

"미미는 또 뭘 잘해요?"

나는 음식에 손도 대지 않았다. 먹을 수가 없었다. 어쨌든 푸아그라를 좋아해본 적도 없었다. 거위의 간이 부풀 때까지 강제로 먹이를 먹인다는 지독한 사실을 알고 있었다.

'거위가 겪는 고통은 당신이 푸아그라를 너무 좋아했기 때문이야.'

에두아르가 접시에 나이프를 내려놓았다. 그리고 나를 쳐다보며 물었다.

"무슨 일이야, 소피?"

나는 대답을 하지 못했다.

"당신 기분이 별로인 것 같아."

"네. 기분이 별로예요."

"일전에 내가 한 말 때문에 그래? 소피, 당신을 만나지 않았을 때였다고 했잖아. 당신한테 거짓말을 한 적은 한 번도 없어."

"그녀와 다시 잘 건가요?

"뭐라고?"

"결혼이라는 새로운 경험에 싫증이 나면요? 예전 습관으로 돌아갈 거예요?"

"무슨 일 때문에 이러는 거야?"

"아, 먹어요, 에두아르. 사랑하는 푸아그라를 먹어치워요."

에두아르는 아주 오랫동안 나를 응시했다. 에두아르가 말을 할 때 그의 목소리는 나지막했다.

"내가 뭘 어쨌기에 이런 일을 당하는 거지? 내가 조금이라도 당신에게 의심받을 만한 일을 한 적이 있어? 내가 당신한테 전념하지 않은 적이 있어?"

"그게 중요한 게 아니에요."

"그럼 뭐가 중요한데?"

"어떻게 했길래 그런 식으로 당신을 쳐다볼 수가 있어요?"

나는 목소리를 높였다.

"누가?"

"저 여자들이요. 그림 속에 있는 미미와 로르 말이에요. 술집 여자들, 거리의 여자들, 우리 문 앞을 지나는 가련한 여자들은 말할 것도 없고. 어떻게 했길래 그 여자들이 그렇게 당신을 위해 모델을 서준 거예요?"

에두아르는 크게 놀란 듯했다. 에두아르가 입을 열었을 때 그는 여느 때와 달리 이를 악물고 말했다.

"내 모델이 되어달라고 당신에게 했던 대로. 그렇게 부탁했어."

"그다음에는요? 당신이 내게 한 대로 그 여자들한테도 했어요?"

대답하기 전에 에두아르는 접시를 내려다보았다.

"내 기억이 맞는다면, 소피. 먼저 날 유혹한 건 당신이었어. 그 일에 대한 당신의 기억은 맞지 않는 것 같은데?"

"그 말이 내 기분을 낫게 해줄까요? 당신 모델들 중에서 당신이 섹스를 하려고 시도조차 하지 않은 건 나뿐이라는 사실이요?"

드디어 에두아르의 목소리가 조용한 아틀리에에 폭발하듯 터져 나왔다.

"왜 이러는 거야, 소피! 왜 자신을 그렇게 괴롭히는 거야? 우

리 행복하잖아, 당신이랑 나랑. 알다시피 당신을 만난 이후로 나는 다른 여자를 쳐다보지도 않는다고!"

나는 박수를 치기 시작했다. 짝짝짝, 날카로운 박수 소리가 조용한 아틀리에에 울렸다.

"잘했어요, 에두아르! 신혼 기간 내내 변함없이 충실했으니! 아, 훌륭해요!"

"그만둬!"

에두아르는 냅킨을 냅다 던지며 소리쳤다.

"도대체 내 아내는 어디 있는 거야? 행복에 겨워 환히 빛나던 내 사랑스러운 아내는 어디로 가버린 거야? 대체 내 아내 자리에 있는 이 여자는 누구야? 의심하고 징징대는 이 여자는 누구냐고! 짜증스러운 얼굴로 비난을 퍼붓는 이 여자는 도대체 누구냔 말이야!"

"아, 날 그렇게 생각하고 있는 거예요?"

"뭐라고? 당신이 지금 그렇게 굴고 있잖아. 우리가 정말 결혼한 사이가 맞긴 한 거야?"

우리는 서로를 노려보았다. 침묵이 퍼져 방 안에 가득 찼다. 밖에서 엉엉 우는 아이의 울음소리와 아이를 나무라고 달래는 엄마 목소리가 들렸다. 에두아르는 손으로 얼굴을 가렸다. 깊은 숨을 들이쉬고 나서 창밖을 응시하고는 내게로 시선을 돌렸다.

"내가 당신을 그렇게 생각하지 않는다는 거 잘 알잖아. 그러니까 나는 – 이런, 소피. 왜 이렇게 화를 내는 건지 모르겠어. 내가 뭘 어쨌기에 이러는 건지 이해할 수가 없어."

"그럼 저 여자들한테 물어보지 그래요?"

캔버스 쪽으로 손을 내밀며 내가 말했다. 목이 메었다.

"나 같은 촌뜨기 점원 주제에 당신의 생활을 어떻게 이해할 수 있겠어요?"

"아, 참을 수가 없군."

이렇게 말하고 에두아르는 다시 냅킨을 내던졌다.

"참을 수 없는 건 당신과 결혼한 거예요. 당신이 도대체 왜 신경이 쓰였는지 모르겠네요."

"이런, 소피, 어쨌든 당신은 혼자가 아니야."

남편은 나를 뚫어져라 쳐다보다가 침대에서 재킷을 휙 잡아채서는 돌아서서 아틀리에를 나갔다.

Paris, 2002

데이비드가 전화했을 때 리브는 다리 위에 있다. 그녀가 얼마나 그곳에 있었는지 알 수 없다. 다리 난간에 처진 철망은 이름의 머리글자가 적힌 자물쇠들로 거의 덮여 있다. 관광객들은 난간을 따라 몸을 구부리고 서서 작은 금속 조각 위에 유성 펜으로 휘갈겨 쓰거나 미리 생각하여 새겨놓은 글자들을 읽고 있다. 서로 사진을 찍어주는 사람들도 있다. 특히 멋지다고 생각되는 자물쇠를 가리키며 찍기도 하고, 그냥 자물쇠들을 배경으로 삼아 찍기도 한다.

여기 오기 전에 데이비드가 이 장소에 대해 해준 말을 리브는 기억하고 있다. 영원한 사랑의 표시로 연인들은 자물쇠를 다리에 걸고 열쇠를 센 강에 던진다는 것이다. 2년 전에 시 당국에서 자물쇠들을 애써 제거했지만, 며칠 만에 영원한 사랑과 연인들의 이름 첫 글자를 새긴 자물쇠들이 다시 등장했다고 한다. 그들

은 여전히 함께 있을 수도 있고, 지금쯤은 이미 같은 공기 속에서 숨 쉬기조차 싫어서 다른 대륙으로 떠났을지도 모른다. 아무튼 데이비드의 말에 의하면 정기적으로 다리 아래 강바닥을 훑어서 녹슨 열쇠 꾸러미를 수거해야 한다고 했다.

이제 리브는 단순한 구경거리 이상으로 반짝이는 자물쇠들을 보지 않으려고 애쓰며 벤치에 앉아 있다. 그것들의 의미에 대해선 생각하고 싶지 않다.

"퐁 데 자르에서 만나요."

리브는 그렇게 말했다. 그뿐이었다. 아마 리브의 목소리에 무언가 있었을 것이다.

"20분이면 돼."

데이비드가 말했다.

저 멀리 루브르 박물관 방향에서 데이비드가 걸어오고 있는 것이 보인다. 데이비드가 가까이 다가올수록 그의 푸른 셔츠가 더 선명해진다. 데이비드는 카키색 바지를 입고 있다. 자신이 그런 데이비드의 모습을 얼마나 좋아하는지, 이렇게 짧은 시간 안에 그의 모습이 얼마나 친숙해졌는지 생각하니 리브는 마음이 아프다.

우리가 만나기 전에
　　　　　　당신은 어떤 사람이었는지,
　　　　　　　　　　당신이 바라는 것은
　　　　　　　　　　　　무엇이었는지 듣고 싶었어요.

리브의 눈이 데이비드의 헝클어진 부드러운 머리칼과 매끈한 얼굴 면을 보고 그의 걸음걸이를 살핀다. 데이비드의 걸음걸이는 언제나 조급하다. 항상 다음 걸음을 내딛고 싶어 안달이 난 것 같다. 그다음에 리브는 데이비드가 어깨에 메고 있는 도면이 들어 있는 가죽 가방을 본다. 그것을 노려본다.

'내가 무슨 짓을 한 거야?'

리브를 본 게 분명한데도 데이비드는 다가오면서 미소도 짓지 않는다. 데이비드는 느린 걸음으로 다가와서 가방을 떨어뜨리고는 리브 옆에 앉는다. 관광객을 태운 배들이 미끄러지듯 지나가는 것을 지켜보면서 그들은 잠시 아무 말 없이 앉아 있다. 마침내 리브가 입을 연다.

"이렇게 지낼 수는 없어요."

리브는 센 강의 흐름을 내려다보고 아직까지도 몸을 구부리고 자물쇠들을 살펴보고 있는 관광객들을 흘끔 쳐다본다.

"우리가 정말 끔찍한 실수를 한 것 같아요. 내가 실수를 했어요."

"실수라고?"

"내가 충동적이라는 건 알아요. 우리는 신중했어야 했어요. 우리는, 서로에 대해 좀 더 잘 알았어야 했어요. 그래서 생각하고 있었어요. 우리가 성대한 결혼식이나 뭐 그런 걸 한 건 아니

잖아요. 친구들도 아는 것 같지 않고. 우리는 그냥, 그냥 아무 일도 없었던 척하면 돼요. 우리 둘 다 젊잖아요."

"무슨 소리를 하는 거야, 리브?"

리브는 데이비드를 쳐다본다.

"데이비드, 당신이 내게로 걸어올 때 모든 게 분명해졌어요. 당신, 설계도를 가져왔더군요."

데이비드가 살짝 움찔한다. 리브는 그 순간을 놓치지 않는다.

"당신은 골드스타인 집안 사람들과 만날 거라는 걸 이미 다 알고 있었어요. 그래서 가방에 도면을 싸서 신혼여행에 가져온 거예요."

데이비드는 자기 발을 내려다본다.

"몰랐어. 그랬으면 했지만."

"그런다고 상황이 더 나아질 것 같아요?"

그들은 아무 말 없이 앉아 있다. 데이비드는 무릎 위에서 두 손을 꼭 잡고 몸을 앞으로 구부린다. 그러고는 곁눈질로 리브를 본다. 얼굴이 걱정스러워 보인다.

"사랑해, 리브. 당신 더 이상 나를 사랑하지 않는 거야?"

"아니요. 아주 많이 사랑해요. 하지만 어쩔 수 없어요. 이렇게 지낼 수는 없어요. 이런 여자가 되고 싶지는 않아요."

데이비드는 고개를 저으며 말한다.

"이해가 안 돼. 이건 미친 짓이야. 겨우 몇 시간 다녀왔을 뿐이야."

"그 몇 시간이 중요한 게 아니에요. 우리는 신혼여행 중이었어요. 신혼여행을 보면 앞으로 우리가 어떻게 지내게 될지 알 수 있어요."

"신혼여행을 보고 어떻게 우리 관계를 알 수 있다는 거야? 제기랄, 대부분의 사람들은 해변에 가서 2주 동안 누워 있기나 한다고. 그게 어떻게 평생 계속될 거라는 거야?"

"내 말을 꼬아서 듣지 말아요! 무슨 말인지 알잖아요. 신혼여행은 단 한 번인데 당신은…."

"그저 이 건물…."

"아, 이 건물. 이 건물. 지긋지긋해요. 항상 건물 얘기만 하네요, 그렇죠?"

"그렇지 않아. 이건 특별한 건물이야. 그 사람들은…."

"당신을 다시 만나고 싶어 하는군요."

데이비드는 한숨을 쉬고 어금니를 꼭 깨문다.

"엄밀한 의미에서 미팅은 아니야."

데이비드가 말한다.

"점심 식사야. 내일. 파리에서 가장 근사한 레스토랑 중 하나에서. 당신도 초대받았어."

금방이라도 울음이 터질 것 같지 않았다면 리브는 웃었을 것이다. 리브가 마침내 입을 열 때, 그녀의 목소리는 이상하게도 차분하다.

　"미안해요, 데이비드. 당신을 탓하는 게 아니에요. 내 탓이에요. 당신한테 넋이 나가서 앞을 내다보지 못했어요. 나는 몰랐어요. 자기 일에 열중하는 사람과의 결혼이 나를 이렇게….."

　갑자기 리브의 목소리가 굳어졌다.

　"이렇게 뭐? 나는 여전히 당신을 사랑해, 리브. 이해가 안 돼."

　리브는 잠시 그렇게 앉아서 두 눈을 문지른다.

　"내 생각을 잘 이야기할 수가 없네요. 이봐요, 나랑 함께 가요. 당신한테 보여주고 싶은 게 있어요."

　오르세 미술관까지는 잠깐만 걸으면 된다. 줄은 줄어들어 있다. 둘은 말없이 앞으로 이동해서 10분 만에 미술관에 입장한다. 리브는 그녀의 옆에 데이비드가 있으며, 둘 사이에 익숙지 않은 거북함이 있다는 것을 뼈저리게 자각한다. 그녀는 이렇게 신혼여행이 끝나간다는 것을 여전히 믿을 수가 없다.

　리브는 이번에는 자신 있게 승강기 있는 곳으로 향하고 그런 그녀를 데이비드가 뒤따른다. 그들은 맨 위층에 있는 인상파 화가들의 방에서 그림을 응시하고 있는 사람들의 무리를 피해가며 각 방들을 통과한다. 〈풀밭 위의 점심 식사〉 앞에는 또 다른 당신 더 이상 나를 사랑하지 않는 거야?

아니요. 아주 많이 사랑해요.
하지만 어쩔 수 없어요. 이렇게 지낼 수는 없어요.
이런 여자가 되고 싶지는 않아요.

학생들이 앉아 있고, 아까의 그 열정적인 안내원이 벌거벗은 여인에 관한 스캔들에 대해 설명하고 있다. 정말 아이러니한 것 같다. 오늘 아침 남편과 함께 있었으면 했던 그곳에 지금 남편과 함께 있지만 너무 늦었다. 정말 너무 늦었다. 그렇게 그들은 그 작은 그림 앞에 섰다.

리브가 그것을 바라보자 데이비드는 그림 앞으로 다가간다.

"화가 난 아내."

데이비드가 읽는다.

"에두아르 르페브르 작."

데이비드는 잠시 그림을 응시하고 나서 리브를 돌아보고 설명을 기다린다.

"음, 오늘 아침에 이 그림을 봤어요. 이 무시당한, 비참한 아내를요. 그런데 그때 문득 떠올랐어요. 내가 원한 건 이런 게 아니라는 것을요. 그리고 불현듯 우리 결혼생활 내내 이런 식이 될 거라는 생각이 들었어요. 나는 당신의 관심을 원하는데 당신은 그걸 줄 수 없어요. 그래서 겁이 났어요."

"우리 결혼생활은 그렇게 되지 않을 거야."

"신혼여행에서조차 무시당하는 아내는 되고 싶지 않아요."

"나는 당신을 무시하지 않아, 리브."

"하지만 당신은 날 하찮게 느끼게 해요. 그저 당신에게 우리

가 함께 있는 것을 즐기고 나와 함께 있고 싶어 하길 바란다는 이유로요."

리브의 목소리가 점점 높아지고 그 목소리에는 간절함이 담겨 있다.

"아무 이유 없이 파리의 작은 술집들을 어슬렁거리다가 자리를 잡고 앉아서 와인을 마시고 싶었어요. 당신이 내 손을 잡아주었으면 했어요. 우리가 만나기 전에 당신은 어떤 사람이었는지, 당신이 바라는 것은 무엇이었는지 듣고 싶었어요. 내가 세운, 우리가 함께 지내게 될 인생 계획을 당신에게 다 얘기해주고 싶었어요. 섹스도 많이 하고 싶었어요. 많이요. 혼자서 갤러리를 돌아다니고 싶지 않았고, 모르는 남자들과 커피를 마시고 싶지도 않았어요. 그저 시간을 때우기 위해서 말이에요."

힐끗 쳐다보는 데이비드의 매서운 시선에 리브는 아주 조금 기쁨을 느낀다.

"그런데 이 그림을 봤을 때 알게 됐어요. 이게 나예요, 데이비드. 나는 이렇게 될 거예요. 앞으로 벌어질 일이 이런 거예요. 지금도 당신은 5일간의 신혼여행 기간 중 이틀을, 아니 사흘을 두어 명의 부유한 사업가를 위한 업무에 빠져 있어놓고도 잘못된 일이라고 생각지 않잖아요."

감정을 억누르느라 리브의 목소리가 갈라진다.

"미안해요. 나는, 나는 이 여자처럼 될 수 없어요. 도저히, 그럴 수 없어요. 우리 엄마처럼 될까봐 겁이 나요."

지나가는 사람들의 호기심 어린 시선을 피하려고 리브는 고개를 수그리고 눈물을 닦는다. 데이비드가 그 그림을 뚫어지게 바라본다. 데이비드는 몇 분 동안 말이 없다. 그러다가 리브를 돌아보는 그의 얼굴은 일그러져 있다.

"이제 알겠어."

데이비드는 머리를 쓸어 넘기며 입을 연다.

"당신 말이 맞아. 모든 점에서. 나는, 나는 믿을 수 없을 정도로 어리석었어. 그리고 이기적이었어. 미안해."

한 독일 커플이 그림 앞에 잠시 멈춰 서자 그들은 입을 다문다. 독일 커플은 눈치 없이 몇 마디 주고받다가 자리를 뜬다.

"하지만, 이 그림에 대한 당신 생각은 틀렸어."

리브가 데이비드를 쳐다본다.

"이 여자는 무시당한 게 아니야. 실패한 관계를 보여주는 것도 아니고."

한발 앞으로 다가와서 데이비드는 리브의 팔을 부드럽게 잡고 손짓을 하며 이어 말한다.

"이 화가가 아내를 어떻게 그렸는지 좀 봐, 리브. 화가는 아내가 화내는 걸 원치 않아. 여전히 아내를 보고 있어. 이 부드러운

붓놀림을 봐. 저기 아내의 피부를 표현한 걸 좀 보라고. 그는 아내를 무척 사랑해. 아내가 화내는 걸 견딜 수 없어 해. 그래서 아내가 자신한테 몹시 화가 나 있는데도 아내를 바라볼 수밖에 없는 거야."

데이비드는 잠시 멈추고 숨을 들이쉰다.

"화가는 저곳에 있어. 아내를 화나게 해놓고도 아무 데도 가지 않고."

리브의 눈에 눈물이 가득 고였다.

"도대체 무슨 말을 하는 거예요?"

"나는 이 그림이 우리 결혼생활의 결말을 의미한다고 생각하지 않아."

데이비드는 팔을 뻗어 리브의 손을 잡고 그녀의 손에서 긴장이 풀릴 때까지 기다리다가 말을 잇는다.

"이 그림을 보고 나는 당신과 정반대로 생각하기 때문이야. 뭔가 잘못된 것은 맞아. 바로 저 순간에 아내가 행복하지 않다고 느끼는 것도 맞고. 하지만 저 여자를, 화가와 아내를, 이 그림을 보고 있노라면, 리브. 나는 그저 사랑이 가득한 그림을 보고 있다는 생각이 들어."

Paris, 1912

자정 직후에 라틴 구 주변 거리를 걷고 있을 때 가는 비가 내리기 시작했다. 몇 시간이 지난 지금 내 펠트 모자가 흠뻑 젖어서 칼라 뒤쪽에 물방울이 똑똑 떨어지고 있었지만, 나는 그것이 느껴지지 않을 정도로 너무나 비참한 기분에 빠져 있었다.

마음 한구석에서는 에두아르가 돌아오기를 기다리고 싶었지만 집에 가만히 앉아 있을 수가 없었다. 내 남편과의 간통 가능성이 있는 여자들이라는 생각이 머릿속에서 떠나질 않아서 그런 여자들과 (비록 그림일지라도) 함께 있고 싶지 않았다. 에두아르의 눈에서 상처를 볼 수 있었고, 목소리에서는 분노를 들을 수 있었다.

'짜증스러운 얼굴로 내게 비난을 퍼붓는 이 여자는 대체 누구란 말인가?'

에두아르는 더 이상 가장 아름다운 내 모습을 보지 못했다.

에두아르가 그러는 것도 당연했다. 에두아르는 내가 눈에 띄지 않는 평범한 시골뜨기 점원인 내 주제를 확실히 파악하고 있다고 생각했다. 갑자기 타오른 질투심 때문에 내 사랑을 얻어야 한다는 순간적인 생각에 에두아르는 결혼이라는 덫에 갇히게 되었던 것이다. 지금 에두아르는 서둘러 결혼한 것을 후회하고 있었다. 내 스스로 에두아르가 그걸 깨닫게 만들었다.

간단히 짐을 꾸려서 떠나야 할지 잠시 생각했다. 하지만 그런 생각이 머리에 스칠 때마다 곧바로 이런 대답이 돌아왔다.

'나는 에두아르를 사랑했어.'

에두아르가 없는 삶을 생각하면 견딜 수가 없었다.

'사랑에 대해 알고 있는데 어떻게 생 폐롱으로 돌아가서 독신녀로 살 수 있겠어? 몇 킬로미터 떨어진 어딘가에 에두아르가 살고 있다고 생각하면서 어떻게 견딜 수 있겠어?'

에두아르가 아틀리에를 뛰쳐나갔을 때도 사지가 쿡쿡 쑤시는 것 같았다. 육체적 욕망을 억누를 수도 없었다. 게다가 결혼한 지 채 몇 주도 안 돼서 고향으로 돌아갈 수는 없었다. 하지만 문제가 있었다. 언제까지나 나는 촌뜨기일 것이라는 점이었다. 파리 여자들처럼 내 남편을 나누고 그들의 무분별한 행동을 눈감아줄 수는 없었다.

'에두아르가 다른 여자의 체취가 밴 채로 집에 돌아오는 그

런 상황을 어떻게 받아들이고 살 수 있을까? 에두아르가 바람을 피우지 않는다는 확신이 없는데도 집으로 돌아가서 어떻게 우리 침대에서 벌거벗고 에두아르를 위해 포즈를 취한 미미 아인스바허나 그런 여자들 누구든 볼 수 있을까? 내가 어떻게 해야 했을까, 그냥 뒷방으로 사라져야 했을까? 산책이나 나가야 했을까? 앉아서 그 여자들을 지켜봐야 했을까? 에두아르는 나를 경멸할 거야. 마담 아인스바허가 생각하는 것처럼 나를 교도관이라고 생각할 거야.'

나는 결혼이라는 것이 우리에게 어떤 결과를 가져올지 전혀 생각해보지 않았다는 것을 이제야 깨달았다. 그의 목소리, 그의 손길, 그의 입맞춤 외에는 관심을 갖지 않았다. 내 자신의 허영심 외에는 ─ 그의 그림에 나타난 내 모습에, 그의 눈에 비친 내 모습에 눈이 멀어서 ─ 관심을 갖지 않았다.

이제 에두아르가 뿌린 마법의 가루는 날아가버렸고, 나는 짜증스러운 얼굴로 비난을 퍼붓는 아내로 남겨졌다. 그리고 나는 이런 내 모습이 마음에 들지 않았다.

리볼리 가를 따라 남자들의 호기심 어린 시선과 술꾼들의 휘파람 소리를 무시하고 파리 거리를 걸었다. 자갈 깔린 길을 걷다 보니 발이 점점 아파왔다. 나는 두 눈 가득 고인 눈물을 보이지

않으려고 행인들에게서 고개를 돌렸다. 이미 놓쳐버린 결혼생활 때문에 슬펐다. 내 안에서 최고의 모습만을 봐주었던 에두아르 때문에 마음이 아팠다. 우리가 함께하는 최고의 행복을 잃었고, 다른 사람들은 이해할 수 없고 방해할 수 없는 우리만의 느낌을 놓쳤다.

'어떻게 순식간에 이렇게 될 수 있을까?'

생각에 잠겨서 걷느라 나는 동이 트고 있다는 것도 미처 알아 채지 못했다.

"르페브르 부인?"

돌아보니 어떤 여자가 어둠 속에서 다가왔다. 촛농이 흘러내 리는 가로등 밑에 그녀가 섰을 때, 트리폴리에서 싸움이 있던 날 밤에 에두아르가 내게 소개해준 그 여자라는 것을 알 수 있었다. 그래서 그녀의 이름을 기억해보려고 애썼다.

'릴리? 로르?'

"이런 시간에 부인이 있을 만한 곳이 아니에요."

그녀는 길 저쪽을 흘끗 돌아보며 말했다. 나는 대답하지 않았 다. 사실은 말을 할 수 있을지 확신이 없었다.

'에두아르는 피갈 광장에 있는 거리의 여자들과 어울린다.'

"시간을 몰랐네요."

나는 시계를 흘끗 쳐다보았다. 4시 45분이었다. 밤새도록 걸

나는 결혼이라는 것이
우리에게 어떤 결과를 가져올지
전혀 생각해보지 않았다는 것을 이제야 깨달았다.

어 다녔던 것이다. 그녀의 얼굴은 어둠 속에 있었지만, 나를 살펴보고 있다는 게 느껴졌다.

"잘 지내시죠?"

"덕분에요."

그녀는 계속 나를 쳐다보고 있었다. 그러다가 한 걸음 앞으로 나와서 내 팔꿈치를 살짝 건드렸다.

"있잖아요, 여기가 결혼한 부인이 혼자 걸어 다녀도 좋을 만한 곳인지 잘 모르겠네요. 같이 술 한잔하실래요? 여기서 멀지 않은 곳에 따뜻한 술집이 하나 있어요."

내가 망설이자 로르는 내 팔을 놓고 조금 뒤로 물러섰다.

"물론, 다른 계획이 있으시면 저는 충분히 이해해요."

"아니에요. 청해줘서 고마워요. 추위를 피할 구실이 생겨서 좋네요. 나는, 나는 지금까지 몸에 한기가 드는 것도 몰랐네요."

우리는 말없이 좁다란 두 개의 골목을 지나서 불빛이 새어나오는 창을 향해 걸어갔다. 한 중국 남자가 묵직한 문에서 뒤로 물러서서 우리를 들여보내주었고, 로르는 그 남자와 조용히 한두 마디 말을 나누었다.

술집 안이 따뜻해서 창문에는 뿌옇게 김이 서려 있었다. 몇 안 되는 남자들이 아직 술을 마시고 있었다. 뒤쪽으로 나를 안내하면서 해준 로르의 말에 의하면 대부분 택시 운전사들이었다.

로르 르콩트는 카운터에다 뭔가를 주문했고 나는 뒤쪽 테이블에 자리를 잡고 앉았다. 축축한 어깨 망토를 벗었다. 작은 실내는 떠들썩하니 활기에 넘쳤다. 남자들은 카드 게임이 벌어지고 있는 구석의 테이블 주변에 모여 있었다. 벽을 따라 붙어 있는 거울에 비친 내 얼굴은 창백해 보였고, 젖은 머리카락은 머리에 딱 들러붙어 있었다.

'에두아르는 왜 나만 사랑하는 걸까?'

이렇게 생각하다가 그런 생각을 떨쳐버리려고 했다.

중년의 종업원이 쟁반을 들고 왔고 로르는 내게 작은 코냑 잔을 건네주었다. 함께 앉아 있는데 로르와 무슨 얘길 해야 할지 도통 생각이 나지 않았다.

"안으로 들어오길 잘한 것 같네요."

출입구 쪽을 흘깃 보면서 로르가 말했다. 이제 비가 본격적으로 내리고 있었다. 보도를 흘러내린 빗물이 강을 이뤄서 하수도로 콸콸 흘러들어갔다.

"그런 것 같네요."

"무슈 르페브르는 댁에 계세요?"

나보다 에두아르를 안 지 더 오래되었는데도 로르는 격식을 갖춘 호칭을 사용했다.

"모르겠어요."

나는 술을 한 모금 마셨다. 목구멍으로 술술 흘러내렸다. 갑자기 말문이 터지기 시작했다. 아마 자포자기한 심정이었을 것이다. 로르 같은 여자는 수많은 잘못된 행동들을 봐와서 내가 이야기하려는 것에 충격받지 않으리라는 걸 알았기 때문일 것이다. 어쩌면 그저 로르의 반응을 보고 싶었을지도 모르겠다. 어쨌든 로르도 내가 위협적인 존재로 생각하는 그런 여자들 중 하나일지 아닐지 확신이 없었다.

"나는 화가 났어요. 그래서 걷는 게, 나을 것 같았어요."

로르는 고개를 끄덕이고 엷은 미소를 지었다. 그러고는 목덜미에서 깔끔하게 머리를 틀어 묶고 있었다. 그 모습을 가만히 바라보았다. 밤거리의 여자라기보다는 학교 선생님처럼 보였다.

"나는 결혼을 한 적은 없어요. 하지만 생활이 완전히 바뀔 거라는 생각은 들어요."

"적응하는 게 힘들어요. 내가 결혼생활에 잘 맞는다고 생각했었어요. 지금은, 정말 모르겠어요. 그것에 도전할 만한 기질이 내게 있는지 확신이 없어요."

말을 하고 있는 순간에 나는 스스로에게 놀랐다. 나는 이렇게 속마음을 털어놓는 여자가 아니었다. 지금까지 내가 속마음을 털어놓은 사람은 언니뿐이었고, 언니가 없을 때에는 오직 에두아르하고만 얘기했다.

"에두아르를 찾고 있던 거예요, 도전하려고요?"

이제 보니 내가 처음 생각했던 것보다 로르는 나이가 더 많은 것 같았다. 솜씨 있게 바른 볼연지와 입술연지가 그녀를 한창때처럼 보이게 했다. 하지만 로르에게는 계속 이야기하고 싶게 만드는 뭔가가 있었다. 그녀에게 한 말은 다른 사람에게로 새어나가지 않을 것 같았다. 나는 멍하니 생각에 잠겼다.

'그녀는 그날 저녁 무슨 일을 했을까? 매일 어떤 비밀들을 들었을까?'

"네. 아니요. 정확히 에두아르에게는 아니에요."

설명을 할 수 없었다.

"모르겠어요, 내가…. 미안해요. 당신한테까지 내 걱정을 떠안기는 게 아닌데."

로르는 나를 위해 두 번째 코냑을 주문해주었다. 그러고는 앉아서 자신의 술을 조금씩 마셨다. 마치 어느 정도 얘기를 해야 할지 생각하는 것 같았다. 마침내 몸을 앞으로 숙이고 로르가 조용히 입을 열었다.

"내가 결혼한 남자들의 정신세계에 관해 전문가로 자부한다고 해도 그리 놀라운 일은 아니겠지요, 르페브르 부인."

내 얼굴이 살짝 붉어졌다.

"오늘 밤 부인이 무슨 일로 여기 왔는지 나는 몰라요. 또 누구

도 결혼생활에서 어떤 일이 벌어지는지 분명하게 말할 수 없을 거예요. 하지만 이건 말씀드릴 수 있어요. 에두아르는 부인을 정말 좋아해요. 지금까지 나는 많은 남자들을 봤어요. 또 신혼기에 있는 남자들도 몇 명 봐서 자신 있게 말할 수 있어요."

그 말에 나는 로르를 바로 쳐다보았고, 로르는 눈썹을 살짝 찌푸렸다.

"네, 신혼기간 중에요. 에두아르가 부인을 만나기 전에는 나는 에두아르 르페브르라는 사람이 절대 결혼하지 않을 거라고 장담할 수 있었어요. 그렇게 에두아르는 거리낌 없이 살았을 거예요. 그런데 당신을 만났어요. 교태를 부리지도 않고, 교활한 꾀를 부리지도 않고 당신은 그의 마음을, 그의 머리를, 그의 그 창작력을 사로잡았어요. 에두아르가 당신에게 느끼는 감정을 과소평가하지 말아요, 르페브르 부인."

"그럼 다른 여자들은요. 그들을 모른 체해야 하나요?"

"다른 여자들이라뇨?"

"들은 말이 있어요. 에두아르가 기꺼이, 한 사람에게 전념하는 사람이 아니라고."

로르는 나를 응시했다.

"어떤 사악한 인간이 부인한테 그렇게 말했죠?"

내 표정에 다 드러난 모양이었다.

내가 얼마나 미안한지,

내가 얼마나 사랑하는지,

내가 얼마나 바보였는지….

그와 결혼한 여자는 나니까.

"그 의논 상대가 어떤 의혹의 씨앗을 뿌려놓았든 교묘하게 해 낸 것 같네요, 르페브르 부인."

로르는 와인을 또 한 모금 마셨다.

"저 말이에요, 부인. 좋은 뜻에서 하는 말이니 기분 상하지 않 길 바라요."

로르는 테이블에 기대 몸을 앞으로 구부렸다.

"음, 나 역시 에두아르가 결혼을 할 사람이라고는 생각하지 않았어요. 하지만 그날 저녁 트리폴리 밖에서 두 사람을 만났을 때 에두아르가 당신을 어떻게 바라보는지 봤어요. 당신을 자랑 스러워하는 게 보였어요. 당신의 등에 어떻게 부드럽게 손을 올 려놓는지도, 자신의 말과 행동에 무조건 찬성하는 당신을 어떻 게 바라보는지도 봤어요. 두 사람이 완벽하게 어울리는 짝이라 는 걸 깨달았어요. 그리고 에두아르가 행복하다는 걸 알 수 있었 어요. 정말 행복해 보였어요."

나는 이야기를 들으면서 가만히 앉아 있었다.

"부인과 만났을 때 부끄러움을 느꼈다는 걸 인정해야겠네요. 내게는 흔치 않은 감정이에요. 지난 몇 달간 몇 번이나 에두아르 의 모델을 선 데다 술집이나 식당에서 집으로 돌아가는 에두아 르를 만날 때마다 대가 없이 나를 안으라고 제안했었기 때문이 에요. 나는 항상 에두아르가 정말 좋았어요, 알겠어요? 그런데

당신을 만난 후로 에두아르는 매번 정중하지만 단호하게 내 제안을 거절했어요."

밖에서는 갑자기 비가 뚝 그쳤다. 한 남자가 문간에서 손을 내밀어보고 친구에게 뭐라고 말하고는 같이 큰 소리로 웃었다. 로르의 목소리는 낮은 소리로 속삭이는 듯했다.

"솔직히 말씀드리면 부인의 결혼생활에서 가장 큰 위험 요인은 부인 남편이 아니에요. 부인이, 그리고 부인 남편이 걱정해야 하는 것은 소위 이 의논 상대의 조언이에요."

로르는 술을 마저 마셨다. 그러고는 어깨에 숄을 두르고 일어섰다. 거울을 보며 옷매무새를 매만지고 머리를 정리하고서 창문을 힐끗 보았다.

"Et voila(좀 보세요). 비가 그쳤어요. 오늘은 날씨가 좋을 것 같네요. 남편 곁으로 돌아가세요, 르페브르 부인. 부인의 행운을 누리세요. 에두아르가 숭배하는 여인이 되세요."

짧은 미소를 짓고 나서 로르는 이어 말했다.

"그리고 앞으로는 의논 상대를 아주 신중히 선택하세요."

그리고 주인에게 한마디 하고는 술집을 나서 축축하고 푸르스름한 이른 새벽빛 속으로 들어갔다.

나는 가만히 앉아서 로르가 한 말을 곰곰이 생각해보았다. 뭔가 깊고 깊은 안도감이 들면서 극도의 피로감이 뼛속까지 파고

드는 게 느껴졌다. 계산을 하려고 중년의 종업원을 불렀다. 그는 어깨를 으쓱하며 마담 로르가 이미 계산을 했다고 알려주고는 컵을 닦으러 돌아갔다.

계단을 올라갈 때 아파트가 너무 조용한 걸로 봐서 에두아르는 자고 있는 모양이었다. 집에 있을 때 에두아르는 노래를 부르고 휘파람을 불고 축음기를 크게 틀어놓는 등 끊임없이 소음을 만들어내서 짜증이 난 이웃들이 벽을 쾅쾅 두드리는 게 예사였다. 우리 집 벽을 뒤덮은 담쟁이덩굴에서 참새들이 지저귀는 소리와 멀리서 자갈길을 달리는 말발굽 소리가 천천히 도시를 깨우고 있었지만, 쉬플로 거리 21번가 꼭대기에 있는 작은 아파트는 쥐 죽은 듯 고요했다.

에두아르가 어디 있었을지, 그의 기분이 어떨지는 생각하지 않으려고 했다. 신발을 벗고서 발소리를 죽이며 서둘러 마지막 나무 계단을 올라갔다. 침대에 들어가서 에두아르 곁에 누워 그를 껴안고 있었으면 하는 마음이었다. 내가 얼마나 미안한지, 내가 얼마나 사랑하는지, 내가 얼마나 바보였는지 에두아르에게 말할 것이다. 에두아르와 결혼한 여자는 나니까.

사실은 에두아르에 대한 욕망 때문에 가슴이 두근거렸다. 헝클어진 시트와 이불에 누워서 졸린 듯한 얼굴로 이불을 들추고

내게 들어오라고 손짓하는 에두아르의 모습을 상상하면서 아파트 문을 조용히 열었다. 하지만 코트를 벗으며 보았을 때 우리 침대는 텅 비어 있었다.

머뭇거리다가 침실 공간을 지나서 작업실로 들어섰다. 환영을 받을지 자신도 없었고, 불안한 마음에 갑자기 심장이 쿵쾅거리기 시작했다.

"에두아르?"

나는 큰 소리로 불렀다. 대답이 없었다. 안으로 들어갔다. 작업실은 불빛이 어둑했다. 서둘러 나가면서 놓아둔 그대로 촛불들이 낮게 타오르고 있었고, 기다란 창문은 이른 아침의 차가운 푸른빛으로 빛나고 있었다. 공기가 차가운 걸로 미루어 몇 시간 전에 불이 꺼진 모양이었다. 방 저쪽 끝 캔버스들 옆에 슈미즈와 헐렁한 바지 차림을 한 에두아르가 등을 돌리고 서서 캔버스 하나를 응시하고 있었다.

문간에 서서 잠시 동안 남편을 바라보았다. 그의 넓은 등과 숱 많은 검정 머리칼을 눈길로 더듬었다. 이윽고 에두아르가 몸을 돌려 나를 바라보았다. 에두아르의 눈에 경계하는 빛이 스쳐 지나갔다.

'이게 무슨 일이지?'

그런 눈빛을 보고 나는 의기소침해졌다. 손에 신발을 든 채로

에두아르 쪽으로 다가갔다. 피갈 광장에서 돌아오는 길 내내 에두아르의 품에 뛰어드는 내 모습을 상상했었다. 내 자신을 억제할 수 없을 거라고 생각했었다. 하지만 지금 쥐 죽은 듯 조용한 방에서는 뭔가가 나를 망설이게 만들었다. 에두아르에게서 시선을 떼지 않은 채 그의 코앞에 멈춰 섰다. 그런데 어느새 내 시선이 이젤을 향하고 있었다.

캔버스 속에서 여자는 등을 앞으로 구부리고 있었는데, 얼굴에는 무언의 분노가 담겨 있었고, 짙은 붉은 머리카락은 전날 저녁에 내가 했던 것처럼 목 근처에서 느슨하게 묶여 있었다. 몸에서는 긴장감이 나타났고 몹시 불행해 보였다. 화가를 정면으로 쳐다보려고 하지 않는 것이 말 없는 비난을 퍼붓는 것 같았다. 목이 메었다.

"그림이, 훌륭하네요."

말을 제대로 할 수 있게 됐을 때 내가 겨우 말했다. 에두아르가 나를 바라보았다. 에두아르가 꽤 지쳐 있다는 것을 알 수 있었다. 눈이 충혈돼 있었는데 수면 부족과 또 다른 이유 때문일 듯했다. 에두아르의 얼굴에서 슬픔을 씻어주고 싶었다. 내가 내뱉은 말을 주워 담고도 싶었다. 그리고 그를 다시 행복하게 해주고도 싶었다.

"오, 내가 너무 어리석었어요."

내가 용기를 내어 말을 꺼냈지만 에두아르가 먼저 선수를 쳐서 나를 끌어안았다.

"다시는 날 떠나지 마, 소피."

에두아르가 내 귀에 대고 다정하게 말했다. 에두아르의 목소리는 감정에 겨워 잠겨 있었다. 우리는 끌어안은 채 가만히 있었다. 마치 우리가 떨어져 있었던 것이 몇 시간이 아니라 몇 년이라도 되는 것처럼 그렇게 서로 꼭 끌어안고 있었다. 살갗에 부딪쳐 울리는 에두아르의 말소리는 거칠고 확실치 않았다.

"당신을 그려야 했어. 당신이 여기에 없다고 생각하니 견딜 수가 없어서…. 당신을 돌아오게 할 방법은 이것뿐이었어."

"나 여기 있어요."

나는 중얼거렸다. 에두아르의 머리카락 속에 손을 넣어 감고서 에두아르와 얼굴을 맞대고 그가 호흡하는 공기를 가슴 깊숙이 들이마셨다.

"다시는 당신 곁을 떠나지 않을 거예요. 영원히."

"당신 그대로의 모습을 그리고 싶었어. 하지만 떠오르는 건 이렇게 화가 난 불행한 소피였어. 소피의 불행은 다 나 때문이라는 생각뿐이었어."

나는 고개를 저었다.

"당신 때문이 아니었어요, 에두아르. 어젯밤 일은 우리 잊어

버려요. 부탁해요."

에두아르는 손을 뻗어서 이젤을 돌려놓았다.

"그러면 이 그림을 끝내지 않겠어. 당신이 쳐다보는 것도 싫어. 오, 소피. 미안해. 정말 미안해…."

그때 에두아르에게 입을 맞췄다. 에두아르에게 입을 맞추면서 내 입맞춤이 내 마음 깊은 곳에서부터 그를 얼마나 흠모하고 있는지, 그와 만나기 전에 내 삶이 얼마나 우울하고 재미없었는지, 그가 없는 미래가 얼마나 끔찍하고 암담한지를 에두아르에게 전하고 있다고 확신했다. 이제까지 누군가를 사랑할 수 있다고 생각한 것보다 더 에두아르를 사랑하고 있다는 것을 알려주고 있다고 확신했다.

나의 남편. 까다롭지만 훌륭하고 멋진 나의 남편. 감정이 벅차올라서 그 감정을 말로는 표현할 수 없었다.

"자, 이리 와요."

마침내 입을 열고서 나는 에두아르의 손을 잡고 침대로 끌어당겼다.

얼마 후 아래쪽 거리는 늦은 아침을 여는 소리로 활기를 띠었다. 과일 장수들은 과일을 팔러 돌아다녔고 열린 창문을 통해 풍겨오는 커피 향이 참을 수 없을 정도로 구수했다. 에두아르의 품

에서 빠져나와 침대에서 일어났다. 땀에 젖은 등이 서늘했고 입술에서는 여전히 에두아르의 입술이 느껴졌다. 작업실을 가로질러 가서 불을 피웠다. 불을 피우고 나서 캔버스를 돌려세웠다.

그녀를 제대로 살펴보았다. 에두아르가 그린 선에 나타난 부드러움과 친밀함, 완벽하게 표현된 한순간의 내 모습을 바라보았다. 돌아서서 에두아르를 마주 보았다.

"있잖아요, 당신 이 그림을 꼭 끝내야 해요."

한쪽 팔꿈치로 몸을 떠받치고서 에두아르는 곁눈질로 나를 보았다.

"하지만, 당신이 너무 슬퍼 보여."

"아마도요. 당신 말이 맞아요, 에두아르. 당신은 언제나 진실만을 보여줘요. 당신의 비상한 재능이에요."

에두아르의 시선이 내게 집중해 있다는 사실을 즐기며 양팔을 머리 위로 들어 올려 쭉 뻗었다. 그러고는 어깨를 으쓱하고 말했다.

"사실 서로에게 화가 나는 날이 항상 있게 되겠지요. 신혼 기간이 영원히 계속될 수는 없으니까요."

"아니, 계속될 수 있어."

이렇게 반박하고서 에두아르는 조용히 맨바닥을 가로질러 자신에게 다가가는 나를 기다렸다. 에두아르는 침대 안으로 다시

나를 끌어당기고는 얼굴에 씁쓸한 미소를 띠고서 베개 너머 나를 응시했다.

"우리가 원하는 동안은 계속될 수 있어. 이 집의 가장으로서 우리의 결혼생활은 매일매일이 신혼과 같을 거야."

"내 남편의 뜻에 무조건 따를게요."

에두아르의 품에 안겨서 한숨을 쉬었다.

"우리는 시도해봤고, 그게 유쾌하지 못한 일이며 화를 내는 것이 우리에게 맞지 않다는 것을 알게 됐어요. 나 역시 우리의 결혼생활이 평생 신혼과 같을 거라고 분명히 말할 수 있어요."

에두아르의 다리에 내 다리를 올려놓고 서로 배를 맞대고서 그의 체온과 내 옆구리에 놓여 있는 그의 팔의 무게감을 느끼며 우리는 말없이 그렇게 다정히 누워 있었다.

여태껏 그렇게 만족스러운 적이 있었는지 모르겠다. 남편의 체취를 들이마셨다. 에두아르의 심장이 고동치는 것이 느껴졌다. 마침내 피로감이 몰려왔다. 나도 모르게 깜빡 잠이 들어서 어딘가 따뜻하고 기분 좋은 곳으로 빠져들었다. 아마도 가본 적이 있던 곳이어서 더 그렇게 느낀 모양이었다. 그때 에두아르가 말을 꺼냈다.

"소피."

에두아르는 나직하게 말했다.

"우리가 솔직해진 김에, 당신한테 말할 게 있어."

나는 한쪽 눈을 떴다.

"당신 감정이 상하지 않았으면 해."

"뭔데요?"

마음을 다잡고서 낮은 목소리로 물었다. 에두아르는 잠시 머뭇거리다가 내 손을 잡았다.

"나를 위해 사온 선물이었다는 것은 알아. 하지만 나는 진짜 푸아그라를 좋아하지 않아. 먹어본 적도 없어. 그저 장단을 맞추려고 그랬을…."

에두아르는 말을 끝맺지 못했다. 내 입술로 에두아르의 입을 막았기 때문이다.

Paris, 2002

"신혼여행 중에 나한테 전화를 하다니 믿을 수가 없다."

"어, 그게 데이비드가 뭘 좀 처리하러 로비에 내려갔어. 그래서 잠깐 짬을 내서 수다를 떨면 오늘 하루가 훨씬 더 완벽해질 것 같았어."

재스민은 손으로 전화기를 가리며 말한다.

"베슬리가 보지 못하게 화장실로 가서 받을게. 잠깐만 기다려 줄래?"

문이 닫히는 소리가 나고 허둥지둥 걷는 발소리가 들린다. 문 득 문구점들 위에 비좁은 사무실과 핀츨리 로드를 엉금엉금 기어가는 많은 교통량, 끈적끈적한 여름 공기 중에 감도는 자동차 연료 냄새가 떠오른다.

"말해봐. 다 말해봐. 20초면 돼. 존 웨인처럼 어기적거리며 걷고 있니? 최고의 시간을 보내고 있어?"

신혼여행이

우리 일생에 단 한 번뿐이니

절대

되돌릴 수 없다고도 했어.

리브는 호텔 방 안을 둘러본다. 데이비드가 빠져나간 헝클어진 침대, 바닥에 대충 싸다 만 여행 가방이 눈에 들어온다.

"그게, 그게 좀 이상했어. 지금은 내가 결혼했다는 것에 익숙해지고 있는 중이야. 하지만 정말 행복해."

"우! 너무 부러워. 나 어제 저녁에 숀 제프리스랑 데이트했어. 기억나지? 피네 오빠, 왜 손톱이 보기 흉했던! 솔직히 왜 내가 데이트에 응했는지 모르겠어. 웅얼거리는 소리로 자기 얘기만 지겹게 계속하더라고. 아무래도 숀이 프라이언 바넷에 복층 주택을 갖고 있다는 사실에 감동한 것 같아."

"주변 환경이 아주 좋은 곳이지. 떠오르는 지역이기도 하고."

"그리고 플랫 자체도 잠재력이 많아."

리브는 킥킥거리기 시작한다.

"사다리를 오르는 게 중요하지."

"특히나 우리 나이에는. 건물은 잘못되는 법이 없으니까."

"숀은 연금이 있겠지. 말해봐. 연금이 있니?

"아주 완벽한 연금을 갖고 있어. 물가지수와 연계된 것 있잖아. 그런데 회색 구두를 신는 데다 데이트 비용을 각자 내자고 우기질 않나, '첫 잔 다음부터는 맛이 다 똑같다'며 레스토랑에서는 싸구려 병 와인을 주문했어. 아, 슬프다. 네가 이미 집에 돌아온 거면 좋겠다. 술이 몹시 필요해. 데이트도 형편없고. 넌 정

말 잘한 거야."

리브는 침대에 반듯이 누워서 천장을 쳐다보고 있는데, 하얀색 천장은 웨딩케이크처럼 주름 장식이 있다.

"무슨, 터무니없이 충동적인 데다 그 충동이라는 게 믿을 게 못 되는데도?"

"음! 나는 내가 좀 더 충동적이면 좋겠어. 그러면 앤드류가 청혼했을 때 결혼했을 테고, 지금쯤 자동차세를 해결하기 위해 몰래 빠져나갈 수 있을까 궁리하면서 여기 이 사무실에 갇혀 있는 대신에 스페인에서 살고 있을 테니까. 아무튼… 아, 큰일 났다. 이제 그만 끊어야겠어. 베슬리가 방금 화장실에 들어왔어."

재스민의 목소리가 높아지고 어조가 바뀐다.

"물론이죠, 할스톤 부인. 전화 주셔서 정말 감사합니다. 곧 통화하게 될 거예요."

리브가 전화를 끊자마자 데이비드가 돌아온다. 데이비드는 파트릭 로제의 초콜릿 상자를 들고 있다.

"그게 뭐예요?"

"저녁 식사. 초콜릿과 어울리는 샴페인을 가져올 거야."

리브는 좋아서 소리를 깩깩 지르며 산뜻한 연한 청록색 상자에서 포장지를 벗기고 초콜릿 한 개를 꺼내 입에 쏙 넣고는 눈을 감는다.

"오, 세상에나. 정말 기가 막힌 맛이에요. 이 초콜릿에 내일 성대한 점심까지 먹고 나면 집에 돌아갈 때는 몸이 집채만 해지겠어요."

"점심 약속을 취소했어."

리브가 쳐다본다.

"하지만 내 말은…."

데이비드는 어깨를 으쓱한다.

"아니, 당신이 맞았어. 더 이상 일은 없어. 존중돼야 할 일들도 있는 법이니까."

리브는 초콜릿을 하나 더 입에 쏙 넣고서 데이비드에게 초콜릿 상자를 내민다.

"어, 데이비드. 내가 지나치게 예민했다는 생각을 하던 참이에요."

감정이 북받쳐 지나치게 흥분했던 오후의 일이 아주 오래전 일 같다. 결혼한 지도 한참이나 지난 것 같은 느낌이 든다. 머리 위로 셔츠를 끼워 입으며 데이비드가 말한다.

"그렇지 않아. 신혼여행 중에 내가 당신한테만 집중하기를 바라는 건 당연해. 미안해. 아무래도, 이제는 나 혼자가 아니라 우리 둘이 함께 있다는 것을 잊지 않고 기억하는 데 익숙해져야 할 것 같아."

아무래도,
이제는 나 혼자가 아니라
우리 둘이 함께 있다는 것을 잊지 않고 기억하는 데
익숙해져야 할 것 같아.

그 사람이 다시 거기 있다. 내가 사랑에 빠졌던 그 남자가. 내 남편이. 갑자기 강렬한 욕망이 일어나는 듯하다. 데이비드가 그녀 옆에 앉는다. 데이비드가 계속 이야기하는 동안 리브는 그에게 가만히 몸을 기댄다.

"아이러니한 얘기 하나 해줄까? 아래층에서 골드스타인 가족에게 전화를 했어. 심호흡을 하고 나서, 정말 죄송하지만 사실 지금 신혼여행 중이라서 이번 주에는 더 이상 시간을 낼 수 없다고 설명했어."

"그랬더니요?"

"그랬더니 나한테 굉장히 화를 냈어."

리브는 입으로 초콜릿을 가져가던 손을 멈춘다. 가슴이 철렁 내려앉는다.

"맙소사! 미안해요."

"음, 사실 몹시 화를 냈어. 도대체 무슨 생각으로 새 신부를 내팽개치고 사업 논의를 하려고 했냐고 내게 물었어. 그쪽에서 한 말을 그대로 옮기면 '이런 빌어먹을 방식으로 결혼생활을 시작하면 안 됩니다'라고 했어."

데이비드는 리브를 힐끗 쳐다보고 씩 웃는다.

"골드스타인이라는 이름을 들을 때마다 나는 왠지 모르게 좋았다니까요."

그렇게 말하고는 리브는 입으로 가져가다가 멈췄던 초콜릿을 입에 쏙 넣는다.

"신혼여행이 우리 일생에 단 한 번뿐이니 절대 되돌릴 수 없다고도 했어."

"정말이지 그 사람들을 사랑하게 될 것 같아요."

"잠시 후면 훨씬 더 사랑하게 될 거야."

데이비드는 일어나서 발코니로 향한 프랑스식 창으로 가서 창문을 열어젖혔다. 저녁 햇살이 작은 방 안에 흘러들고 관광객들과 한가로운 쇼핑객들로 북적거리는 아래쪽 프랑 부르주아 거리에서 올라오는 소리가 방 안을 가득 채운다. 데이비드는 신발, 양말, 바지를 차례로 벗고 침대에 앉아서 그녀에게 얼굴을 돌린다.

"나를 끌어내 당신에게서 떼어놓은 일에 자기들도 얼마간의 책임이 있다고 했어. 그래서 내가 당신과 화해할 수 있도록 로얄 몽소에 있는 그들의 스위트룸을 내일부터 우리에게 제공해주겠대. 룸서비스, 여객선만 한 욕실, 언제든지 마실 수 있게 준비된 샴페인, 무슨 일이든 방을 떠날 필요가 전혀 없어. 이틀 밤 동안. 아래층에서 그렇게 오래 있었던 이유는 내 마음대로 우리 항공권을 연장하느라 그랬어. 어떻게 생각해?"

데이비드가 리브를 빤히 바라본다. 아직까지도 리브의 눈에

결혼생활이 완전해지는 데는

시간이 좀 걸릴 거야.

하지만 결국에는 제대로 하게 될 거야.

는 반신반의하는 기색이 보인다.

"48시간을 더, 우리의 다정한 억만장자의 말을 빌면 '지독한 멍청이인 남자'와 보내는 것도 포함될 거야."

리브는 한껏 미소를 머금고 데이비드를 빤히 바라본다.

"지독한 멍청이란, 내가 세상에서 가장 좋아하는 남편 같은 사람이잖아요."

"그렇게 말해주기를 기다리고 있었어."

그들은 베개 위로 벌렁 눕는다. 손깍지를 끼고서 두 사람은 그렇게 나란히 누워 있다.

리브는 창문 너머 여전히 환한 빛의 도시를 바라보며 어느새 미소를 짓는다.

'나는 결혼했다. 나는 파리에 있다. 내일 나는 사랑하는 남자와 퀸사이즈 침대 속으로 사라져서 이틀간 밖으로 나오지 않을 것이다. 인생이 이보다 더 좋을 수는 없을 거야. 더 좋을 수 있으면 좋겠지만….'

"제대로 하도록 할게요, 할스톤 부인."

데이비드가 리브를 향해 나직이 말하고는 그녀의 손을 들어 올려 자기 입술에 갖다 댄다.

"결혼생활이 완전해지는 데는 시간이 좀 걸릴 거야. 하지만

결국에는 제대로 하게 될 거야."

데이비드의 코에 주근깨가 두 개 있다. 전에는 리브가 알아채지 못했지만, 지금까지 리브가 본 것 중에서 가장 근사한 주근깨다.

"괜찮아요, 할스톤 씨."

이렇게 말하고 리브는 뒤로 팔을 뻗어 초콜릿 상자를 침대 옆 탁자에 조심스럽게 놓는다.

"시간은 많고도 많으니까요."

허니문 인 파리

펴낸날	**초판 1쇄 2015년 8월 20일**
	초판 3쇄 2015년 9월 30일

지은이	**조조 모예스**
옮긴이	**이정임**
펴낸이	**심만수**
펴낸곳	**(주)살림출판사**
출판등록	**1989년 11월 1일 제9-210호**

주소	**경기도 파주시 광인사길 30**
전화	**031-955-1350** 팩스 **031-624-1356**
기획·편집	**031-955-4662**
홈페이지	**http://www.sallimbooks.com**
이메일	**book@sallimbooks.com**

ISBN	978-89-522-3183-3 03840

※ 값은 뒤표지에 있습니다.
※ 잘못 만들어진 책은 구입하신 서점에서 바꾸어 드립니다.

이 도서의 국립중앙도서관 출판시도서목록(CIP)은 서지정보유통지원시스템 홈페이지
(http://seoji.nl.go.kr)와 국가자료공동목록시스템(http://www.nl.go.kr/kolisnet)에서
이용하실 수 있습니다.(CIP제어번호: CIP2015020020)

책임편집·교정교열 **선우지운**